그 시간 속에서 나는,

그 시간 속에서 나는,

남초롱

강휘웅

유현아

허 진

한윤슬

김다은

차다진

정나리

들어가며

쉽게 읽히는 시가 가장 좋은 시라는 말을 어디선가 들어본 적이 있다. 그리고 쉽게 읽히는 시를 쓰는 것이 가장 어렵다고 한다. 나는 여태 책을 읽으며 이 책에 얼마나 많은 고민과 노력이 담겨있는지를 생각해본 적이 없었다. 대부분의 책은 너무나 쉽게 읽혔고, 그래서 그 결과물이 탄생하는 과정도 쉬웠을 거로 생각했던 것 같다. 이번 책쓰기 프로젝트에 참가하면서, 깨끗하게 인쇄된 책에는 작가의 고뇌와 수많은 퇴고의 흔적이 전혀 담기지 못한다는 것을 알게 되었다. 이 책에 담긴 글 모두 여러 번 원고를 갈아엎고, 질리도록 다시 읽으며 퇴고를 했지만, 책에는 그저 완성된 결과물만 담기게 될 것이다. 만약 우리가 쏟은 노력의 흔적들이 책에 그대로 있다면, 그 누구도 이 책을 읽지는 못할 것이다.

책을 쓰는 것은 흙탕물을 깨끗하게 정제하는 것과 같다고 생각한다. 머릿속에 정리되지 않은 많은 이야기와 메시지들을 원고에 들이붓는다. 그리고 그것을 거름종이를 통해 거르고 거르고 거르고 또 거른다. 그렇게 아주 깨끗한 한 방울의 물이 똑 하고 떨어진다. 그것이 책의 일부가 된다. 고작 10페이지가량의 글을 써야 한다고 했을 때, 내가 가진 흙탕물의 양을 보며 10페이지로는 부족할 것이라고 생각했다. 하지만 10페이지의 글을 채우기 위해 필요한 흙탕물의 양은 내가 생각했던 것보다 훨씬 많았다. 그리고 그 많은 흙탕물을 깨끗하게 정제하기엔 내가 가진 거름종이가 많이 부족했다. 한 권의 책이 탄생

하기까지 작가가 얼마나 많은 흙탕물을 들이붓고 정제했을지 생각해 보면 경외감이 느껴진다.

시간은 모두에게 공평하다. 그리고 공평한 시간 속에서 모두 다른 삶을 살아간다. 누군가는 즐겁고 행복한 순간을 보내지만, 다른 누군가는 힘들고 어려운 시간을 겪는다. 이렇게 보면 시간이 모두에게 공평하다는 것은 틀린 말인 것 같다. 같은 하루를 살더라도 빠르게 지나가는 날이 있고, 시간이 멈춘 듯 겨우겨우 밤이 찾아오는 날도 있다.

우리는 각자가 말하고 싶은 "그 시간"에 대해 글을 썼다. "그 시간"은 아주 과거이거나, 겪고 있는 지금이거나, 상상 속의 미래가 될 수 있다. 또 아주 찰나의 순간이거나, 영겁의 시간일 수도 있다. 다른 삶을 살아왔기에 각자의 "그 시간"은 모두 특별하고 애틋하다. 우리는 공평하지 못한 시간 속에서, 각자 어떤 일을 겪어 왔는지 이야기하고자 한다. 이 책을 읽으며 한 번쯤은 자신이 말하고 싶은 "그 시간"이 있는지 생각해봤으면 한다.

지난 6주간 책 한 권을 위해 달려오며 쉽게 쓴 문장은 하나도 없었다. 각자의 시간을 할애하여 함께 책을 완성한 모든 작가님에게 격려의 박수를 쳐 드리고 싶다. 비록 어렵게 쓴 책이지만, 많은 사람에게 쉽게 읽히기를 바란다.

- 공동저자 中 강휘웅

차 례

달리는 기차에서 뛰어내렸다

남초롱

남초롱 사람들의 이야기를 듣는 것을 좋아하고 말하는 것도 즐긴다. 지인들 사이에서 '우암 동 남보살' 이라 불릴 만큼 고민을 털어놓고 의지하는 사람도 많다. 약간의 관종이라 그 별명이 꽤 좋다. 사람들에게 용기와 희망을 주는 영향력 있는 사람이 되고 싶어 한 다. 인생의 주인공은 본인이라는 굳건한 믿음 아래, 나답게 살기위해 끊임없이 도전 하는 사람. 빠른 성공만이 답이라고 생각했던 시간에서 과감히 벗어나 새로운 꿈을 향해 걸어가는 중이다.

반짝이는 벤츠 E 클래스 화이트 세단. 거기서 높은 하이힐을 신은 여자가 내린다. 몸매가 살짝 드러나는 슬림핏 흰 셔츠와 그에 어울리는 검은색 슬랙스를 입고 있는 모습이 누가 봐도 자기관리를 잘했다. 한 손에는 업무문서가 가득한 루이뷔통 가방이 들려 있고 반대편 손엔 스타벅스 커피가 어딘가 위태롭게 쥐어져 있다. 주차선 정중앙에 바르게 차를 대고 당당하게 걸어 나오는 '커리어 우먼'. 그게 30대의 모습일 줄 알았다. 성공을 꿈꾸는 야심 가득 한 여자였으니까. 그런데 웬걸 직장이 막 없어진, 아직도 VANS를 타고 다니는 30대 여자가 되어있었다. 무책임하고 이기적인 사람, 회사에 9억의 손해를 안겨준 사람. 그게 나였다.

　"대표님 저 퇴사하겠습니다."

　단 한마디로 부와 권력을 약속했던 회사에서 등을 돌렸다. 계절이 바뀐다고 알려주는 것 같은 선선한 날이었다. 짙은 남색 빛이 도는 저녁. 젊음이 가득한 대학 번화가 곳곳에서 왁자지껄한 소리가 들려왔다. 멀리서 울리는 자동차 경적과 반짝이는 가게들의 네온사인 간판들은 새로운 세상으로 발걸음을 옮긴 나를 설레게 만들기 충분했다. 서른둘 무더운 여름의 끝, 또 하나의 마침표를 찍고 집을 향해서 걸었다. 바닥으로 천천히 시선을 떨구어 낡은 운동화를 바라보았다. 적정한 속도로 걷는 보폭을 따라 지나온 인생을 함께 곱씹었다.

어릴 적 우리 집엔 빚이 많았다. 돈, 돈 하는 엄마의 하소연을 지겹도록 들었다. 어떻게 벗어날 수 있을까. 신분 상승을 위한 길은 돈을 많이 버는 것뿐이라고 생각했다. 특별한 꿈이 없었기에 등교 시간이 2시간 넘게 걸리던 대학교를 큰 아쉬움 없이 중퇴할 수 있었다. 그리고 돈을 벌기 시작했다. 단지 성공하고 싶었다. 성공이 어떤 기준인지 정확히 단정 지을 수 없었지만 20살을 갓 보낸 그땐 '경제적으로 여유 있는 생활, 많은 사람을 아우르는 위치, 하고 싶은 일을 하는 것.' 정도로 생각했던 것 같다.

주변에는 성공에 대한 방법을 가르쳐줄 롤 모델이 없었다. 책으로 간접경험을 하는 것이 빠르겠다고 생각했다. 꿈을 이루고 성공한 사람들의 노하우를 배우고 싶었다. 당시에 '받기 싫은 생일선물 1순위'는 책이었을 정도로 글 읽는 것을 싫어했는데, 제목에 혹해 조금 어려운 책을 고르는 날이면 열 페이지를 넘기기 전에 잠들기도 했다. 하지만 포기하지 않았다. 지긋지긋한 돈의 굴레에서 벗어나 여유 있는 삶을 살고 싶었다. 어떻게든 방법을 배워야 했다. 최대한 읽기 쉬운 문장으로 쓰인 책들을 골랐고, '자기관리를 해야 한다.' '긍정적인 생각을 해야 한다.' '도전하는 것을 두려워하지 마라'와 같은 간단하고도 좋은 구절들을 마음에 하나씩 담아 실천했다.

첫 급여를 받은 날 집 근처에 있는 휘트니스 센터로 달려갔다. 아끼고 모은 돈을 모두 운동 배우는 데에 쏟아부었다. 친구들은 집 안 사정도 있는데 허튼 곳에 돈을 쓴다며 질책했다. 그들은 진정 친구를 위한 길이 뭔지 모른다고 생각했다.

거울에 비친 뚱뚱한 모습이 싫었다. 사람들의 눈을 잘 맞추지 못할 정도로 남들을 의식했고 마음속엔 자격지심이 자리 잡고 있었다. 외모를 바꾸는 것이 당당해지는 것의 시작이라 생각했다. 하루에 4시간씩 주 6일을 운동했다. 몇 개월이 흘렀을까.

부지런히 노력한 탓에 체중은 원하는 만큼 줄어있었다. 거울을 보는 것이 낯설면서도 만족스러웠다. 생전 입지 않았던 컬러의 옷을 고르기도 했다. 자신감이 차오르고 몸이 가벼워진 기분, 자신을 더 좋아하게 되는 느낌은 흡사 희열과도 같았다. 사람들이 대하는 태도도 변했다. 변화를 만들고 느꼈던 감정들이 좋았다. 겪은 경험을 비슷한 상황에 놓인 사람들에게 나누어 주고 싶은 마음이 들었다.

얼마 후 지인의 제안으로 트레이너가 되었다. 트레이너가 처음 되었을 땐 생각보다 적응하기 힘들었다. 체육 계통의 직종이라 그런지 은근한 위계질서에 한시도 긴장을 늦출 수 없었다. 막내 시절엔 군기가 바짝 들어 부르지도 않았는데 '네!' 하며 돌아본 적도 있다. 게다가 사람들을 잘 응대해야 성과로 이어지는 서비스직이다 보니 상대를 분석하고 맞추는 데에 에너지 소진이 많이 되었다.

하지만 누군가에게 힘이 되어 준다는 것은 생각보다 감격스러웠다. 경험과 지식을 나누며 다른 사람에게 좋은 영향을 주는 것. 의미 있고 보람 있는 일이라 생각했다. 외모를 관리하는 일이지만 마음으로 소통하는 것이 더 중요했다. 다양한 사람들을 만나는 것이 좋았다. 회원들과 이야기를 나누다 보면 일하며 겪는 힘든 상황들이 다 해소되는 듯했다. 천직이라 생각할 정도로 트레이너 일이 좋아졌다. 그리고 무엇보다도 열심히 하는 만큼 벌어갈 수 있다는 부분이 마음에 들었다.

트레이너로 많은 급여를 받으려면 개인의 시간을 포기해야 했다. 하루 12시간은 기본이고 14시간 넘게 근무하는 일도 부지기수였다. 시간에 쫓기듯, 결과에 쫓기듯 매일 일과 함께했다. 얼굴 좀 보자는 친구들의 성화가 성가셨다. 하늘이 높아지는지도 몰랐고 벚꽃이 다 질 때쯤 봄이 왔다는 것을 느끼던 날도 있었다. 해가 거듭될수록 작은 성공 경험들이 쌓였다. 3년의 경력이 생겼을 땐 나이 또래보다 2배가 넘는 급여를 받았다. 능력을 인정받는 것이 좋았고 돈을 많이 버는 것이 좋았다.

어린 나이에 빠르게 진급하면서 대단한 사람이 된 것처럼 조금씩 거만해져 갔다. 우월감이라고 해야 하나, 성과를 잘 내지 못하는 사람들이 답답하게 느껴졌다. 열심히 일하지 않고 투정만 부리던 나이 많은 선배들이 한심하게 보였다. 시간이 지날수록 자신감이 하늘을 찔렀다. 열정과 자신감으로 똘똘 뭉친 26살, 몇 년간 모은 적금을 깨 사업을 시작했다. 믿을만한 선배 두 명과 힘을 모아 피티샵을 오픈했다. 동업은 절대 하지 말라는 말을 들었지만, 막연히 잘할 수 있을 거로 생각했다.

설레는 마음과는 다르게 예상치 못한 결과가 눈앞에 펼쳐졌다. 운영하던 피티샵은 이윤을 많이 남기지 못했다. 계획했던 만큼 성과가 따라주지 않을 때의 답답함과 좌절감을 어디 가서 토로할 수도 없었다. 부끄럽고 자존심 상했다. 힘든 순간은 당연히 인생에 있는 우여곡절이라 생각했다. 왜 누군가의 성공담엔 꼭, 좌절하는 순간이 있지 않은가. 그조차도 있어야 하는 과정이라 여겼다.

좋지 않은 상황을 극복하기 위해 '나름' 노력했다. 지금 생각해보면 온 마음을 쏟진 않았던 것 같다. 마음속에서는 약간의 될 대로 되라는 식의 생각도 피어나고 있었던 것 같다. 신은 그런 마음조차 안일하게 느꼈는지 벌을 주는 듯했다. 우리의 앞길에 태클을 거는 기분이었다. 고꾸라지듯 넘어졌다. 적자는 쉽사리 흑자로 전환되지 않았고 상황은 참담했다. 잃은 돈이 자꾸 머릿속에서 맴돌았다. 나아지지 않는 생활에 지쳐 그 시간과 공간에서 도망치고 싶었다. 실패한 것을 받아들일 수 없었다. 억울한 마음에 나도 모르게 생각이 삐뚤어졌다. 자격지심에 똘똘 뭉쳐 못난 사람이 되어갔다.

친구들을 오랜만에 만난 자리에서 먹지도 못하는 술을 들이부었다. 몸도 못 가눌 정도로 취해 한 친구에게 다가갔다. "좋은 부모 만나 편하게 사는 니가 싫다"라며 상처를 줬다. 평소 여유 있던 친구의 모습이 질투 났었나 보다. 집으로 돌아갔을 땐 고작 만 원짜리 전기세에 몇 달 치 연체료가 붙어있었다. 아무도 만나기 싫었다. 못난 모습을 보여주기 싫었다. 꿈꾸는 것을 멈추고 내팽개치듯 피티샵을 정리했다. 다시는 트레이너 일을 하지 않겠다고 마음먹었다. 사랑했던 일이었던 만큼 상처도 컸기에 자신이 없었다. 잘할 자신이. 사업할 그릇이 되지 못한다고 생각했다. 배울 점이 있는 사람을 앞에 두고 열심히 따라가는 이인자가 딱 맞으리라 믿었다. 그렇게 자신의 한계점을 정해놓고는 꿈꿔온 커리어 우먼의 모습과 멀어져가고 있었다.

　답답하고 지지부진 한 시간을 2년쯤 보낸 어느 날, 같은 곳에서 일했던 한 살 아래의 동생이 연락을 해왔다. 본인이 운영하는 피티샵에서 일을 해보지 않겠냐고 했다. 그를 처음 본 건 그가 스물세 살 때였다. 처음 보았을 때도 어딘가 모르게 특이하다고 생각했다. 한참 높은 상사에게도 자신의 의견을 곧, 잘 얘기했고 당당하고 패기 넘치는 모습이었다. 흔히 얘기하는 난 놈, 큰일을 해낼 사람 같았다. 평소에 그를 비상하다고 느끼기도 했고 상황을 배려해주는 것 같은 조건에 마음이 흔들렸다. 몇 군데에서 스카우트 제의가 들어왔지만 '출퇴근 시간 자유'라는 조건을 이길 수가 없었다. 시간이 꽤 흘러서 그런지 트레이너를 하지 않겠다던 생각도 눈 녹듯 사라진 상태였다. 어떠한 책임이 있는 위치가 아니었기에 가벼운 마음으로 일을 시작하기로 했다. 새롭게 올라탄 기차는 순조롭게 출발하는 듯했다.
　자유로운 분위기가 만족스러웠는지 과거의 실패를 잊어갔다. 많이 웃었고, 즐겁게 일했다. 수업에 만족했는지 관리하는 회원이 늘었고 좋아해 줬다. 금전적인 여유도 되찾아 갔다. 서서히 마음속에 '커리어 우먼' 병이 재발하기 시작했다. 잠시 미루었던 성공에 대한 꿈을 다시

꾸기 시작했다. 점점 많은 시간과 에너지를 일에 쏟기 시작했고 그에 보답이라도 하듯 성과가 쌓여갔다. 속해있던 지점의 관리자가 건강 상태로 일을 쉬게 되자 대표는 그 자리를 맡겼다.

한 지점을 관리하는 점장이 되었다. 책임을 져야 하는 일에 익숙했지만, 이번엔 더 긴장을 놓지 못했다. 예전의 실수를 반복하고 싶지 않았다. 밤낮없이 회원들을 응대하고 직원들을 관찰했다. 도와줄 것은 없을까, 회사가 잘되려면 여기서 뭘 더 해야 할까. 고민하는 나날의 연속이었다. 한 건의 상담도 놓치기 싫어 주말에도 예약을 잡고 데이트를 하는 동안에도 몇 건의 업무 전화를 받았다. 특별한 일도 아니었다. 평일과 주말은 어느새 경계가 모호해졌다. 관리하던 지점은 몇 개월 동안 매달 최고치의 순수익을 갱신했고, 5명으로 시작한 직원이 12명까지 늘었다. 담당 지점에서 성과가 잘 나오니 회사에 크게 이바지를 한 것 같아 뿌듯했다. 대표에게 능력을 인정받고 싶어졌다.

그는 꿈이 큰 사람이었다. 휘트니스를 시작으로 다양한 사업에 진출할 계획이었다. 우리 회사가 대한민국을 뛰어넘어 전 세계에 영향력 있기를 목표했다. 비현실적인 목표에 사람들은 의구심을 품었지만, 오히려 반대였다. 지점이 한군데씩 늘어나고 새로운 사업들을 도전하는 모습을 보며 그의 추진력과 기획력이면 충분히 실현 가능한 목표라고 생각했다. '이 회사라면 꿈을 이룰 수 있는 곳이다! 여기가 마지막 기차라고 생각하고 끝까지 가자!' 회사가 성장할수록 애정과 자부심도 견고해지고 성과에 대한 욕심도 커졌다.

입사를 하고 1년쯤, 10명 남짓했던 직원들이 30명으로 늘어났다.

회사는 한 지역에서 약간의 유명세를 치렀다. 주변에는 경쟁업체들이 우후죽순 생겨났다. 우리가 하는 홍보, 시스템, 교육을 은연중에 벤치마킹했다. 개의치 않았고 불안하지도, 흔들리지도 않았다. 하던 일만 잘하면 된다고 생각했다. 지점은 한두 군데 더 늘어났다. 성장속도가 너무 빠르지 않나 하는 막연한 불안감이 들 정도로 회사는 승승장구했다.

　의류 브랜드를 새롭게 출시하고, 식품 브랜드를 확장 이전했다. 단 1년 만의 변화였다. 대표는 독보적인 기업이 되기 위해 사업 확장에 박차를 가하기 시작했고 본인이 하던 일을 분담할 사람들이 필요했다. 본사가 설립되었다. 사무실은 바다가 보이는 고층 빌딩에 자리 잡았다. 잘나가는 대기업 고위층 간부가 된 기분이었다. 한겨울에도 큰 투명 창으로 뜨거운 햇빛이 들어왔고 눈 앞에 펼쳐진 바다는 별이 수놓은 듯 반짝거리다 못해 눈이 부셨다. 업무평가가 좋아서인지 입사 1년 6개월 만에 총괄팀장이 되었다. 전체 지점 관리를 해야 했다. 지점 다섯 군데에 직원 40명 정도를 담당하며 팀의 이윤이 많이 남도록 시스템을 만들어야 했다. 매출목표를 설정하고 달성할 수 있게 서포트하는 것. 그뿐만 아니라 직원 관리도 당연한 업무였다. 트레이너를 새로 채용하고 배치하는 것. 직원들을 면담하고 교육하는 일을 했다. 시스템을 만들어가는 과정에 끊임없이 적응해야 했다. 도태되지 않고 성장해야 누군가를 이끌어 갈 수 있는 자격이 있다고 생각했기 때문이다. 대표는 수시로 회의 시간에 팀장의 역할이 가장 중요하다고 했다. 모두가 팀장을 도와주어야 한다고 말했다. 회사의 key man

이 된 것 같았다. 그야말로 원하던 '커리어 우먼'이 된 듯한 기분이 들었다. 자신이 꽤 마음에 들었다.

한 날은 그와의 술자리에서 솔직한 마음을 전했다.

"저는 이 회사에 뼈를 묻고 싶습니다. 더 잘하고 싶어요. 많이 가르쳐 주세요." 사회생활을 하는 사람들이 하는 흔해 빠진 아부 멘트였지만 진심이었다.

돈을 많이 벌고 싶으면 데리고 있는 직원들과 속해 있는 회사도 많이 벌 수 있게 해야 한다는 생각이었다. 모두가 잘되기를 바랐고 그렇게 만들고 싶었다. 오지랖인지 양심적인지 모르겠지만 그 소신이 더 열심히 일하게 했다.

함께 하는 시간이 길어질수록 가지지 못한 능력을 갖춘 대표를 선망했다. 그의 처세는 가끔 특이했는데 남들과 똑같이 생각하는 것을 진부하다고 생각하기도 했고 싫어했다. 그의 말을 다 흡수하고 이해하고 싶었다. 생각의 흐름을 이해하기 어려울 때는 비유로 전환해가며 머릿속에 꾹꾹 눌러 담았다. 잡생각이 많았던 나와 반대로 임기응변이 좋고 눈치가 빠른 그를 닮고 싶었다. 아이디어가 샘솟는 그는 회사를 확장하는 데에 주저가 없었고 결단이 빨랐다. 쉽지 않으리라 생각했던 개인 투자도 단기간에 10억이나 유치시켰다. 일반 휘트니스라면 1~2억 도 쉽지 않았을 것이다. 그런 맹신을 그도 느꼈는지 가려운 곳을 시원하게 긁어주었다.

"벨라, 5년만 기다려줘요. 지금 하는 고생 몇백 배로 갚겠습니다. 회사 키워서 대기업에 인수시킬 계획입니다. 저 믿고 따라와 준다면 회사 지분 3% 약속할게요. 결혼도 하고 집도 사고 부자 됩시다! 아 교통수단 필요하죠? 벤츠 어때요. 벤츠."

그의 말에 몇 년 뒤 인생이 그려졌다. 깔끔한 신축아파트에 화이트 톤 인테리어, 아침엔 크레마가 도톰한 아메리카노를 마시며 출근 준비를 한다. 돈 걱정 없이 좋은 제품들을 사고 아끼는 사람들에게 넉넉히 친절을 베풀 수 있는 사람. 마음의 풍요로움이 고스란히 얼굴에 드러나는 어른. 상상만 해도 환상적이었다. 진심을 믿어주는구나! 인생을 걸고 따라가도 괜찮을 사람이라고 확신했다.

몸을 감싸는 옷가지들이 얇아졌을 때, 우리는 집중해야 한다. 본격적인 휘트니스의 메인 시즌이 왔다. 야심 찬 마음으로 여름맞이를 준비했다. 분명 호사를 누리리라 생각했다. 하지만 사회적인 상황은 우리의 손을 들어주지 않았다. 가장 중요한 시기에 기승을 부리는 코로나로 많은 사람이 집에 꼭꼭 숨어 지내야 했다.

빠른 성장은 독이었을까? 일정한 궤도에 오른 회사는 성장이 더뎠다. 투자자금이 많았기에 이자 지출도 꽤 부담이었다. 안정적인 구조가 되기에는 손익분기점이 너무 높아져 작은 바람에도 휘청거렸다. 매달 겨우겨우 허들을 넘는 경주인 듯 시간이 흘러갔다.

총괄팀장으로 1년쯤 지낸 어느 여름날이었다. 그달은 유독 성과가 좋지 않았다. 끝이 없이 반복되는 팬데믹 현상과 오랜 장마로 출근하는 하루하루가 눈치 보였다.

대표는 회의실로 나를 불렀다. 예상치는 못했지만 올 것이 왔다고 생각했다. 통유리로 되어있는 회의실은 밖이 훤히 보였지만 갑갑한 느낌의 공기가 가득했다. 퀴퀴한 소파 가죽 냄새가 들이마시는 숨을 잠깐 멈추게 했다. 애써 담담한 표정으로 앉았다.

"벨라 요즘 지점들 실적이 왜 이렇죠?" 이미 한두 번쯤 겪은 이 말투. 추궁하는 듯한 날카로운 눈빛에 불안해지기 시작했다. 그의 감정 없는 표정에 심장 박동은 어느새 귀에 들릴 정도로 빨라져 있었고 목이 타기 시작했다. 살짝 메말라가는 입술을 간신히 떼어 말했다.

"외부적으로는 심해지는 코로나 현상과 장기간의 장마로 신규고객 유치가 어려웠습니다. 가격으로 경쟁하는 업체도 많이 생겼고요. 내부적으로는 재등록 수가 떨어졌는데, 우리 가격이 오른 원인도 있고 직원의 지점이동, 진급 등으로 지점들 분위기가 혼란스러웠을 겁니다. 그리고 신규직원들의 비율이 높아져 평균 역량이 낮아진 것 같습니다. 해결하도록 대책을 세워보겠습니다."

입으로는 분석한 현재 상황들을 말하고 있었지만, 머릿속으로는 '프로모션을 해야 하나? 어떤 식으로 할까.' 하는 여러 가지 생각들이 여기저기서 뒤죽박죽 피어났다. 실질적인 대책을 내야 한다는 생각뿐이었다. 하지만 물기가 다 빠진 수건을 억지로 쥐어짜봤자 뭐하겠는가. 나올 것이 하나 없었다. 특별한 아이디어를 내고 싶었지만 굳게 닫힌 입은 답을 내지 못하고 있었다. 침묵은 길지 않았다. 그는 언성을 조금씩 높이며 본격적인 질책을 시작했다.

"이번 한두 달을 이야기 하는 것이 아니라, 지점이 두 군데나 늘었는데 왜 총매출액이 그대로냐고요! 지금 전체적으로 몇억이 마이너

스인지 아세요? 1년 동안 팀장으로서 뭘 했어요?" 몇억의 손해가 나 때문에 일어난 것처럼 말했다. 의아했지만 딱히 반발할 말도 없어 고개를 숙이고 있었다. 화를 억누르는 것 같은 목소리는 계속되었다.

"인원은 또 왜 이렇게 많이 뽑아놨어요? 인건비가 너무 늘었잖아요. 지금 여기 있는 사람들은 일을 잘하는 것도 아니고, 필요 없을 것 같은데? 급여를 바꾸든 직원들을 자르든 어떻게 하면 될지 생각해오세요."

컴퓨터 모니터에 직원 리스트를 띄워놓고 손가락으로 새로 들어온 다섯 명을 짚어가며 쏘아붙였다. 우리 회사는 업계에서 급여를 많이 주는 편이었다. 트레이너들에게 들어오고 싶은 회사 1순위가 되기 위해서였다. 60~70%가 인건비로 나갈 정도였다. 그는 인건비로 지출이 큰 만큼 인원을 먼저 줄여야 한다는 생각이었는지도 모르겠다.

마음이 복잡했다. 그의 말도 일리가 있었으니까. 마음속엔 반박하고 싶은 이유가 수십 가지였지만 그 말을 꺼내는 건 의미가 없었다.

휘트니스 업종은 성수기와 비수기가 확연히 나뉜다. 거기다 사람과 사람이 마주해야 하는 이 일에 전염성 질환까지 유행했다. 피해 갈 수 없는 사회적, 자연적 문제들이 수시로 파도처럼 닥쳐왔다. 그리고 회사가 성장하는 만큼 직원들은 수시로 진급하고 발령이 났다. 그 과정에 떨어져 나간 직원들도 셀 수 없다. 업무 적응을 할 새 없이 변화가 반복되었다. 1년 동안 급여 변동도 3차례나 있었다. 더 많이 주면 열심히 하지 않을까. 능력 좋은 선생님들도 모으자. 운영진의 단순한 생각이었다. 급여를 올리며 수익이 줄어든 탓에 가격도 함께 인상했다. 가격의 변동으로 소비자들에게도 혼란이 있었을 것이다. 결과가 좋게 나올 리가 없었다. 그는 한 해가 반이나 지난 6월, 하반기 4개의 지점 동시 오픈의 꿈을 포기하지 않았다고 했다. 그의 확신에 찬 말에 지점이 늘어도 흔들리지 않게 만들고 싶었다. 더 안정적인 운영을 하고자 신규직원들을 미리 교육해 놓기 위해 채용을 했다. 그 외에도 일일이 열거할 수 없는 세부적인 이유는 몇 시간을 얘기해도 모자랄 정도였다. 하지만 꿈이 큰 사업가에겐 그런 변명은 먹힐 리가 없었다.

변명하고 자책하는 것조차 시간 낭비로 느껴졌다. 회사에 대한 애착이 있었던 만큼 직원들에게도 애착이 많았다. 환경이 많이 바뀌는 상황에 각자의 방식으로 적응해온 직원들에게 이미 여러 번 바뀐 급여를 또 바꿀 수 없었다. 그렇다고 지점확장 때문에 채용했던 직원들을 갑자기 능력이 부족하다는 이유로 쉽게 놓고 싶지도 않았다. 교육을 받고 성장할 기회를 주고 싶었다. 방법을 찾고 싶었지만, 벽에 막혀있는 듯이 나아갈 수 없었다.

고민의 끝은 결국 회사를 위한 쪽으로 향했다. 냉정해져야 한다고 생각했다.

지점 관리자들을 불러 모았다. 좋은 이야기로 부른 것이 아니라고 느꼈는지 담담한 모습으로 모여 있는 직원들을 향해 단단한 목소리로 말했다.

"다음 주까지 부진한 실적을 어떻게 향상할지 대책을 세워오세요. 그리고 이번 7월 업무평가로 하위등수의 직원들은 내보낼 생각입니다."

날벼락을 맞은 기분이었을까. 갑작스러운 통보에 직원들은 불만이 가득한 듯 미간에 주름이 잡혀있었다. 내가 대표에게 하고 싶은 반박을 그들도 똑같이 나에게 하고 싶었을 것이다. 하지만 그들도 달리 할 말이 없었는지 허탈한 표정을 지었다. 요즘 말로 '할 말은 많지만 하지 않는다.' 이 표현이 딱 맞아떨어지는 얼굴이었다.

속이 타들어 갔다. '미안한 감정' 제일 치명적인 스트레스였다. 완벽해야 한다는 생각, 좋은 사람이어야 된다는 압박. 어쩌면 약간의 강박 때문에 자신을 자책하게 된다. 회사에 대한 걱정, 직원들에 대한 안타까움 등이 뒤섞여 마음을 짓눌렀다. 대상이 없는 분노가 차올랐다. 그 분노는 시간이 지날수록 점차 방향을 틀어 자신을 향했다. 큰 한숨을 쉬어도 또 큰 한숨이 몰려왔다. 모두 내 탓 같았다.

이 기분 작년 연말에도 느낀 적이 있다. 작은 산을 넘으면 더 큰 산이 기다리고 있는 것 같은 느낌. 몸뚱이 하나 데리고 걷는 길도 벅찬데 손잡고 걸어가야 할 식구들까지 수십 명. 책임감이라는 무게. 매 순간 조마조마한 일들은, 끝이 보이지 않는 터널 속에 갇힌 듯한 기분을 종종 느끼게 했다.

팀장으로 일하는 시간 동안 가끔 한계와 마주쳤다. 그때마다 멋있게 이겨내고 싶었다. 하지만 몸은 거짓말을 하지 못했다. 온몸에 열이 오르고 관자놀이가 너무 아파 끙끙대며 밤을 새웠던 적도 있었다. 한계를 마주한 모습에 베개를 끌어안고 울었던 기억도 선명하다. 그런 순간조차 성장하는 중이라 생각하며 버텼다. 더 높은 위치를 향해 달려간다는 것은 마냥 쉽지만은 않았다. 어떤 리더가 좋은 리더인지, 어떤 선택을 해야 올바른 결정인지 며칠 내내 생각해도 뾰족한 답이 나오지 않았다. 얼굴엔 누가 봐도 근심이 가득했나 보다. 함께 운동하던 고객들이 알아챌 정도였으니. 점점 웃음을 잃어갔다. 일주일 밤낮을 회사에 관한 생각으로 가득 채웠다. 대체 어떤 방법을 써야 자연의 순리를 거스를 만큼 대단한 성과가 만들어질까. 답이 없는 문제에 쉽사리 잠자리에 들지 못했다.

속을 알 리 없는 월요일은 어김없이 찾아왔다. 통유리로 된 회의실에 한 번 더 불려갔다. '아, 탁한 공기...' 숨을 한번 크게 들이마시고 소파에 앉았다. 그는 뭔가 결심한 듯 입을 열었다. 그는 성격이 급했다. 대책을 마련해오라더니 주말 동안 본인이 생각해왔나 보다.

"생각을 좀 해봤는데, 벨라가 직원들을 너무 오냐오냐 키운 것 같아요. 제가 이제 직접 지점 관리할게요. 벨라가 잘하는 일을 주는 게 나을 것 같은데. 다음 달에 경영지원팀으로 이동하시는 거 어떻게 생각해요? 지금 팀장 자리는 없애고."

질문으로 이야기를 던졌지만 이미 답은 정해져 있다. 수긍할 수밖에 없었다. 오히려 회사에 미안한 마음이 들었다. 책임자가 부족해서 이런 상황이 일어났다고 생각했다. 결단력 빠른 대표는 주말 동안 생각해온 본인의 계획을 더 자세히 늘어놓았다.

"급여구조도 바꿉시다. 기본급을 150만 원 줄이고 성과에 따라 차등 지급하는 거로. 직원들을 성장시켜야 하니, 벨라에게 의지하지 못하도록 관리자 직원 전화는 되도록 받지 마세요. 아! 그리고 내일부터 2주 동안 쉬세요. 휴가 가서 머리 식히고 다시 달려봅시다."

혼내는 말투는 아니었다. 그렇다고 나를 위한 말투 같지도 않았다. 좋은 말로 진급과 발령이지만 실제로는 자리를 박탈당했다는 표현이 딱 맞았다. 알고 있었다. 맡은 팀 성과가 좋지 못한 것의 책임이라는 것을. 급여가 줄어들었고 타 부서로 발령이 나는 것으로 책임을 지는 듯했다. 급여는 중요하지 않았다. 성과제라고 했지만 당장 성과가 나올 부서가 아니라는 것도 알고 있었다. 회사에 빚을 졌다고 생각했다. 이 정도면 감사한 처우니 더 노력해야 한다고 다짐했다.

인수인계하기 전 마지막으로 관리자들을 모아 본사의 결정을 전달해 주었다.

다섯 명의 관리자들은 가지각색으로 난처한 마음을 드러냈다. 대표님의 결정에 아무 반박도 하지 않았느냐고 질책을 하는 후배도 있었고, 버림받은 것 같은 기분이 든다며 회사에 있고 싶지 않다는 후배. 열심히 했는데 왜 우리 팀만 질책을 받는지 억울하다며 눈물을 보이는 후배도 있었다. 관리하던 직속 직원들과의 관계가 꽤 돈독했다는 생각이 들어 위로받는 느낌이었다. 사실은 억울했다. 하지만 방법이 없었다. 기회를 달라고 한다 해도 결과가 좋아질 상황이 아니라는 것 정도는 알고 있었다. 조금 더 이야기를 나누면 눈물이 날 것 같았다. 아무렇지 않은 척하며 무심한 말투로 다독였다. 거대한 파도가 닥쳐올 것이라는 직감을 느낀 관리자들은 더는 어리광을 피우지 않았다.

2주의 휴가는 떠밀리듯 시작되었다. 최대한 대표의 말을 따르는 것이 좋은 방법이라고 생각했다. 그 판단조차 대단한 처세라 생각했다. 팀에서 빠져 주는 것이 회사와 직원들을 위해 옳은 방법인 것 같았다.

깊숙이 박혀 있는 지점들의 향기를 지우려 했다. 앞으로 해야 할 일만 생각했다. 새롭게 주어진 역할이 있고 열심히 일할 수 있는 에너지가 남아 있는 것에 감사했다. 시간적 여유도 늘었다. 기회를 다시 주는 회사에 보답할 방안들을 찾으려 했다.

그런데도 틈틈이 마음속 깊숙한 곳에서는 어떤 감정이 불쑥불쑥 차올랐다. 별 볼 일 없는 사람, 무능력한 사람이 된 것 같았다. 중요한 일에서 배제된 듯한 느낌이 들었지만 생각하지 않으려 애썼다.

파도에 부딪힌 거대한 모래성은 조금씩 무너지는 듯했다. 하지만 대표는 본인이 나서면 되살릴 수 있다고 생각했을 것이다. 휴가를 마치고 돌아왔을 때 그는 본격적으로 행정 팀으로부터 자료를 받았다. 관리자들을 질책할 내용을 찾아댔고 대책 회의라는 명목하에 수시로 사무실에 불러 모았다. 직원들을 볼 때마다 대표가 했던 말이 떠올랐다.

'벨라에게 의지하지 못하도록 거리를 두세요.' 사무실에서 마주한 그들에게 애써 손을 흔들어 보였다. 반가운 내색조차 편하게 할 수 없었다. 그들에게도 어떤 지시가 있었는지 돌아오는 인사도 무미건조하게 느껴졌다. 아무도 직접 뭐라고 하지 않았지만 안절부절 눈치 보였다. 회사구성원 모두에게 느끼는 미안함. 그리고 자괴감과 외로움 같은 것들. 정확히는 모르겠지만 무언가 조마조마 한 감정이 머릿속을 지배했다.

대표는 회의가 끝난 뒤 나를 향해 걸어왔다. 우리는 탕비실로 이동해 의자에 앉았다. 그는 요즘 드는 생각과 감정이 어떠냐며 넌지시 물었다. 열심히 하겠다는 말로 대충 둘러댔다. 그는 자료들을 확인할수록 직원들이 부족했던 것이 문제라고 얘기했다. 팀 실적이 떨어진 것에 질책하고 싶지 않다고 했다. 이어서 미리 잡혀있었던 관리자 회식 자리에 오지 말라고 했다. 그 자리에 가면 상처받을 수도 있다고, 나를 지키기 위한 것이라 말했다. 어딘지 모를 싸한 느낌이 들었다.

주말이 지나고 점심을 먹는 자리에 대표와 함께 앉았다. 회식 자리의 일이 궁금했지만 아무 생각 없는 말투로 물으면 뻔뻔해 보이지 않을까 생각했다. 식탁에 시선을 떨군 채 밥알을 젓가락으로 뒤적거리며 조심스레 물었다.

"금요일엔 애들이랑 얘기 잘하셨어요?"

그의 입에선 생각지도 못한 답변을 들었다.

"애들이 벨라한테 정치질하는 걸 배웠대요. 배웠다는 것 중에 안 좋은 것도 많던데? 제가 직원들 믿지 말라고 했죠?" 약간 비웃음이 섞인 말투. 그의 말 한마디에 머리를 세게 맞은 것 같았다. 공격하는 듯한 그의 말에 눈을 똑바로 보고 욕을 뱉었다.

"씨X, 나쁜 것들."

얼굴에 울그락붉으락 열이 차올랐다. 이후에도 이런저런 이야기를 한 것 같은데 기억은 잘 나지 않는다. 밥을 어디로 어떻게 먹었는지도 모르겠다. 사실 욕은 그를 향한 것이었다. 부정적인 이야기가 나올 때까지 직원들을 추궁했을 거란 생각에 100%를 걸었다. 모두에게 배신감이 들었다.

세상을 살다 보면 가끔 속해있던 곳에서 외톨이가 되는 기분을 느낄 때가 있다. 진심이 오해받고, 노력이 외면받을 때. 본질을 알아주는 사람은 아무도 없다. 무엇을 위해 여태까지 달려왔나 의구심이 든다. 남들의 시선이라는 틀에 갇혀 자신을 믿지 못하고 있었다. 무엇에도 의존하지 말자, 기대하지 말자 다짐했건만 이놈의 정 많은 성격은 또 마음을 다했나 보다. 실망감이 들며 공허함이 몰려왔다. 혼란스러웠고 뭔가 잘못되어간다는 느낌이 강하게 들었다. 직원에게 회사를, 회사에 직원을 이해시키며 중간역할을 했었는데. 이제는 그 둘 사이, 이간질의 중심에 있다. 사방이 벽으로 둘러 쌓여있고 덩그러니 홀로 서 있다. 가면을 쓰고 칼을 등 뒤에 숨긴 사람들이 쳐다보며 다가오는. 딱 그런 기분이 들었다. 누구에게도 속마음을 이야기할 수가 없었다. 사이가 좋았던 몇십 명의 직원들이 다 적이 된 것 같았다. 그 모든 판을 만든 대표가 제일 미웠다. 맹신했던 그가 등을 돌렸다. 그는 회사에 위기의 순간이 올 때마다 이런 식으로 타겟을 정했다. 성과가 부족 할 땐 직원의 급여를 깎거나, 직책을 강등시켰다. 작년엔 한 지점의 성과가 좋지 않아 점장과 직원들을 내보낸 적도 있다. 이번에는 내 차례다.

　한동안 무기력증에 빠져 아무것도 하고 싶지 않았다. 용기 부족보단 그 타겟이 되었다는 사실에 무언가를 하고 싶은 마음 자체가 생기지 않았다. 벗어나려고 허우적댈수록 오히려 불안이라는 것은 깊숙이 옭아맸다. 발버둥 치는 것조차 지쳤다.

　매일 저녁 침대에 대자로 누워 멍하니 핸드폰을 만지작거렸다. SNS 속에서 지친 사람들을 위로해주는 문구를 수도 없이 읽었지만 위로되지 않았다. '이제 어떻게 해야 하지.' 가십거리가 뜬 연예인이 된 것처럼 회사 사람들을 마주하는 것이 불편하고 눈치 보였다. 갑갑한 마음은 쉽사리 사라지지 않았다.

몇몇 친구에게 상황을 얘기했다. 다른 사람의 시선은 어떨지 궁금하기도 했고 털어놓고 싶었다. 회사를 운영하는 한 친구는 흥분한 채 속사포 랩처럼 빠르게 말을 내뱉었다. 개인의 문제가 아니라 시스템이 문제라고 했다. 그러면서 세상은 넓다고, 길은 많다고 하며 말끝마다 자신을 믿으라고 했다. 오래 인연을 맺어온 또 다른 친구는 어떤 낌새를 느낀 듯이 말했다. "그렇게 애사심이 강한 니가 이렇게 흔들릴 정도면, 무의식적으로 뭔가 느끼는 게 있다는 뜻 아니겠냐? 변화의 시작인 것 같다." 조금씩 무언가 꿈틀거리는 느낌이 들었다. 삶에 대한 시선과 방향이 미세하게 바뀌고 있었다.

직원을 대하는 태도에 그 회사의 가치관과 대표의 인격이 담겨있다고 생각해왔다. 그 태도나 인격이 존경스러운 사람을 따라가야 쏟는 열정이 아깝지 않으리라 생각했다. 여러 번의 경험을 통해 깨달음이 왔다. 그에게 표한 존경과 신뢰를 거두기로 했다. 속해 있으면 부족한 사람이 되는 듯한 기분을 느끼게 하는 곳에서 벗어나고 싶었다. 자존감을 도둑맞으며 인생을 허비하고 싶지 않았다. 이런 식이라면 빨리 성공하는 것이 무슨 의미가 있을까 생각했다. '뭘 그렇게 잘 못 했지? 왜 변명조차 하지 못하고 그곳에서 나오는 것을 두려워하지?' 순간 머릿속을 스쳐 지나가는 목소리가 두꺼운 유리 벽을 치고 있었다.

어느 날 외근을 하고 회사로 들어가는 길. 엄마에게 연락이 왔다.

일하는 곳 근처로 와있다고 함께 밥을 먹자고 했다. 누구를 만나 여유 있게 밥을 먹는 것조차 눈치 보였기에 잠시 고민했다. 그렇지만 이내 엄마를 만나기로 했다. 마음의 기울기가 어느새 자신을 위한 쪽으로 움직였나 보다.

평소에 엄마에게 시시콜콜한 이야기를 하는 스타일은 아니었다. 힘들다는 내색조차 한번 한 적이 없었다. 대화가 어색한 사이였다. 엄마와는 떨어져 있으면 걱정되고 만나면 1시간이 채 지나지 않아 언성이 높아지는 이른바 애증 같은 관계였다. 어릴 적엔 엄마를 오랫동안 미워하고 지냈다. 엄마의 표현 방식이 잘 못 되었다고 생각했다. 부정적인 말투로 기죽이고 비난을 일삼는 언어습관 때문에 사랑받는 것을 느끼지 못했다고 생각했다. 사회에 나와서도 일이 잘 안 풀리거나 남들과 건강하게 사랑을 주고받지 못할 때, 자존감이 낮아 눈치를 많이 보는 것도 엄마의 영향이라 치부했다.

그런 우리가 최근 들어 조금씩 나아지는 것을 느꼈다. 엄마는 생활에 여유를 찾으며 예민함이 조금씩 줄어들어 있었고 나는 늙어가는 엄마를 걱정하는 마음이 더 커졌다. 30대가 되고 역할부담이 생기면서 책임감에 대해 생각하는 시간이 늘었다. 자식들을 홀로 키우며 힘들었을 엄마의 상황이 조금이나마 이해되었다. 수십 번도 더 도망가고 싶었을 것이다. 나이가 드니 엄마가 걸어온 길에 존경의 마음도 생겼다. 서로의 표현방식도 온화해졌다. 가는 말이 고우니 오는 말도 고와졌고 우리는 노력하고 있었다.

회복되는 관계에 자신감을 얻었나 보다. 항상 저질러놓고 통보했었는데 이번엔 회사에서 놓인 상황을 먼저 이야기했다. "엄마, 내 회사 그만두고 싶은데 나가서 잘할 수 있을까." 평소라면 엄마는 어김없이 질책했을 것이다. 그러나 이번엔 달랐다. 아무렇지 않은 척했지만 어렵게 말을 뗀 것을 느꼈나 보다. 엄마의 표정은 위로를 잘하지 못하는 사람의 위로하는 표정이었고, 낯설지만 따뜻한 말투로 말했다.

"니를 힘들게 하는 곳이면 그만둬라. 하고 싶은 거 이번 기회에 다 해봐. 안되면 엄마가 도와줄게. 뭐든 잘 할 수 있다. 니는 강해서 사막에 떨궈놔도 끝까지 살아남는 놈이랬다."

마지막 말이 마음에 들었다. 최근에 철학관에서 사주를 봤나 보다. 미신이라고 해도 어떻게든 살길을 찾아간다는 표현이 꽤 든든하게 느껴졌다.

마음 깊숙한 곳에서 상처 입었던 어린아이가 위로받는 듯했다. 처음으로 엄마에게 격려와 응원을 담은 말을 들었다. 사실 회사를 나와 혼자가 된다는 것 자체가 무서웠다. 평생 믿는 구석 없이 자신을 지키며 살아왔기에 울타리가 없어지는 것이 두려웠다. 하지만 엄마의 말을 듣고 믿는 구석이 생긴 느낌이 들었다. 무언가 차오르는 기분이었다. 벅찬 감정에 코끝이 시큰했다. 엄마는 못 보았겠지만, 돈가스 한 입과 함께 울음을 삼켰다.

가까운 사람들로부터 예상치 못한 위로를 받았다. 저마다의 방법으로 도움을 주고 있었다. 잠시 멈추어도 잘 살 수 있을 것 같았다. '응원해 주는 사람들이 이렇게 많은데 뭐가 문제야. 다 필요 없어! 내가 인생의 중심이고 기준이야. 이 비겁하고 계산적인 곳에서 벗어나자.

천천히 간다고 죽기야 하겠냐.'

엄한 곳에서 쓸데없는 사람들에게 진심을 낭비해왔다는 생각이 들었다. 오래 고민하지는 않았다. 더는 작은 에너지조차 쓰고 싶지 않았다. 그에게 배운 빠른 결단을 처음으로 발휘했다.

"대표님 저 퇴사하겠습니다."

그 말을 듣는 순간까지도 예상하지 못했는지 여러 번 되물었다.

"그만둔다고요? 회사를 나간다고요? 왜요?"

그의 표정엔 적잖이 당황한 기색이 역력했다. 그는 표정 관리가 되지 않았다. 그만둔다고 말하는 사람조차 그 카페의 불빛과 온도에 정신이 멍해지는 느낌을 받았다. 아지랑이가 핀 듯 초점이 순간 흐려졌다. 이 말을 전하기까지 얼마나 머릿속으로 시뮬레이션을 돌렸는지 모른다. 하지만 수많은 시뮬레이션은 소용이 없었다. 하고 싶은 말의 절반은 기억이 나지 않았다. 살짝 긴장했었나 보다. 그는 상처를 받았는지 충격을 받았는지 잠시 생각하더니 말을 이어나갔다.

"배신감 드네요. 벨라 때문에 회사가 손해 본 건 알아요? 무책임하시네요. 이기적이시고."

평소 그의 대화방식을 익히 알고 있었기에 이야기가 길어질까 대답조차 제대로 해주고 싶지가 않았다. 그는 계속해서 말을 쏟아냈다.

"강한 사람인 줄 알았는데 잘 모르겠네요. 이 정도밖에 안 됩니까? 여기서 이렇게 포기하고. 그 마인드로는 회사를 나가서도 소상공인밖에 안 될 겁니다. 다시는 사업적으로 엮이지 않았으면 좋겠습니다." 회사를 나가서 잘 안 될 거라는 말, 다 예상했던 말이었다.

상대에게 세게 어퍼컷을 때리면 이런 기분일까? 통쾌했다. 예상치 못한 말로 놀래준 것 하나로 충분했다. 그 뒤로 퍼붓는 수십 번의 잽 공격은 타격감이 없었다. 그는 끝까지 퇴사의 이유를 찾으려 했다. 대답할 말을 찾으며 애써 입가에 미소를 지어 보였지만 마음의 여유는 조금도 없었다. 단지 회사를 향한 마음이 바뀌었다는 말만 반복했다. 빨리 이 시간이 마무리되길 바랄 뿐이었다.

"저한테 상처받으셨어요? 사적인 감정을 일까지 끌고 오셔서 퇴사하시겠다는 겁니까? 자존심 부리지 마시고 솔직하게 이야기하세요."

그는 어딘지 모르게 처연한 느낌까지 드는 모습이었다. 노란색 카페 조명에 그의 눈이 반짝였다. 입꼬리는 화가 났는지 속상한 건지 알 수 없는 방향으로 움직였다. 그에게 보이는 내 표정도 어떤지 예상할 수 없었다. 잡지도 않았다. 자존심을 세우며 회사에 남아 책임을 지라는 말이 잡는 것으로 들리지는 않았다. 둘은 두 시간 만에 몇 년간 단단히 엮여있던 끈을 끊었다. 십 년 묵은 체증이 내려가는 듯 개운했다. 제일 중요한 일을 끝낸 기분이었다. 대화를 마치고 시끌벅적한 번화가를 걸었다. 이어폰을 귀에 꽂고 플레이리스트를 뒤적거렸다. '퇴사'라는 제목을 본 순간 '이 노래다!' 싶었다. 지금의 상황과 가장 비슷한 노래를 재생시키며 집으로 향했다.

'퇴사를 해야겠어 더 이상 못 참겠어. 이 계산적인 곳에서 나가야겠어
어릴 적 꾸던 꿈과 달리 실망을 벌어
깔아보는 그 시선 깔아버렸어도 괜히 난 기가 죽어

누군 또 지멀일 거야 넌 착해 빠진 걸 바보처럼 받아주니까 얘네가 날 호구로 보는 거야
화낼 줄은 알아도 그냥 또 참는 거야 멍청하게 똑같은 사람이 되기가 싫어서야
쇼윈도에 날 진열하지 말아줘
슬퍼서 알이 선 말투, 날카롭던 말들. 알아서 잘살아. 난 떠나죠. 밖에서 봐'

설렘과 기대감 그사이 어디쯤 머무르는 감정들이 살짝 들뜨게 했
다. 집에 도착하자마자 침대에 누워 천장을 바라보았다. 영화 '설국열
차'의 마지막 장면이 떠올랐다. 빠른 속도로 끝이 없이 달려가는 기
차. 그 기차에서 뛰어내린 주인공. 마치 그 영화의 주인공이 된 느낌
이었다. 기차를 타고 달려가는 것과 기차에서 뛰어내려 폭설에 몸을
가눌 수 없지만, 용기 있게 행동한 것. 그중 무엇이 더 행복한 길일지
아직은 알 수 없다. 두 다리가 어디를 향해 걷고 두 눈이 무엇을 볼지,
마음에 어떤 시간을 담을지 기대됐다. 인생이 어느 방향으로 흘러갈
지 모르지만, 나만의 길을 무심히 가겠다고 다짐했다.

슬기로운 백수 생활은 선선해진 날씨와 함께 시작되었다. 뭉게구름
이 하늘에 가득했고 어느새 매미 소리도 멈추어 있었다. 밤새 드라마
를 보고 오후 두 시까지 퍼질러 자는 날도 있었고, 떨어졌던 체력을
회복하기 위해 주말 아침부터 등산하러 가겠다고 설쳐댔던 날도 있
었다.

회사를 벗어난 시간 속에서도 크고 작은 구설수들이 돌아 골머리
가 아팠다. 책임자가 그만두고 나니 대표는 직접 40명이 되는 직원들
을 1대1로 면담했다. 우리 팀이 고전했던 이유는 결국 내 탓으로 결론

이 났다. 회사에 손해를 안겨주고 도망치듯 퇴사한 이기적이고 무책임한 사람. 그게 나였다.

밤마다 몇몇 직원들이 전화를 걸어 안부를 물었다. 한 직원은 내부에서 도는 이야기들을 전하며 퇴사한 사람 얘기보다 밀린 급여를 어떻게 해결해 줄 것인지가 더 중요한 일 아니냐고 하소연했다. 전해 주는 말들이 고맙지도 않았고 맞장구치고 싶지도 않았다. 다 받지 못한 급여와 투자금이 있었기에 회사의 앞날에 마냥 저주를 퍼붓고 싶지도 않았다. 단지 그곳에 관한 생각을 내려놓고 싶었다. 여력이 없었다.

시간은 잘 나가는 스포츠카 액셀을 밟은 듯이 흘러갔다. SNS에 서울 여행을 가 뮤지컬을 보는 것을 올렸고, 거금을 들여 치아교정을 시작했다. 한낮에 카페를 찾은 사진도 몇 장 올렸다. 그런 널찍한 시간을 보내는 모습에 지인들은 어느새 퇴사한 것을 알게 되었나 보다. 같은 질문을 수십 번 들었고 퇴사한 이유도 수십 번씩 얘기했다. 복합적인 이유였지만 특별한 이유는 없었다는 이야기를 들은 후의 질문은 '앞으로의 계획'이다. 같은 내용을 반복해서 말하는 것이 귀찮아졌다. 한 달 정도는 사람들의 부러움을 사기도 하고 혼자만의 시간을 보내기로 한 용기 있는 결단에 응원을 받기도 했다.

하지만 시간이 지날수록 주변에선 걱정을 가장한 간섭과 원하지 않는 조언을 쉽게 내뱉었다. 마음속엔 조바심이 나기 시작했다. '일거리를 찾아야 하나, 뭘 해 먹고 살아가야 할까.' 고민하던 순간 뇌리에 박힌 말들이 사라지지 않았다는 것을 알았다.

'무책임한 사람, 어딜 가서도 소상공인, 이기적인 사람' 진짜 그런 사람일까 자신을 의심하게 되었다. 새끼를 매정하게 떼놓고 도망간 어미처럼 남겨두고 온 몇몇 아끼던 사람들이 눈에 밟혔다. 그리고 정말 할 줄 아는 게 아무것도 없는, 애매하게 경력만 쌓인 사람처럼 느껴졌다. 새로운 일을 계획할 때도 그 말들이 자꾸 떠올랐다. 쉽사리 잊히지 않는 말들에 괴로움이 생겼다.

친구들을 만날 때마다 자신을 비하하며 들들 볶아댔다. '넌 잘할 사람이야'라는 말을 듣고 구체적으로 장점을 이야기해 주어야 비로소 안심했다. 하도 자신을 낮추는 말에 화를 버럭 내는 친구도 있었다. "남들은 다 니를 믿는데 왜 스스로를 믿지 못하냐." 그 말에 갑자기 눈물이 쏟아지기도 했다. 하고 싶은 것이 뭘까. 뭘 잘할 수 있을까. 우물 밖으로 나와 보니 더 혼란스러웠다. 방향이 너무 많아 어디로도 나가지 못하고 있었다.

평소에 좌우명으로 삼을 정도로 좋아하는 말이 있었다. 심리학을 공부하며 알게 된 심리학자 아들러가 한 말인데, '트라우마를 부정하라'라는 말이었다. 과거의 상처에 얽매이기보다 앞으로 자신의 선택이 더 중요하니 용기를 내서 살아가라는 이야기다. 그 말을 새기고 살려고 노력했다.

하지만 그 노력이 아무 소용이 없었다. 대표가 한 말들이 알게 모르게 잣대가 되어 어디로도 걷지 못하게 발목을 잡았다. 부정적인 감정들이 수시로 툭툭 건드렸다. 열정을 가득 끌어올려 뭐든 잘 될 것 같은 마음이 들다가도 이미 자리 잡은 사람들과 비교하다 보니 한없이 부족한 모습만 보였다. 현실의 벽 앞에 자괴감이 들기도 했다. 냉탕과 온탕을 반복하며 갈피를 잡지 못했다. 마음을 잡는 것은 생각처럼 쉽지 않았다. 어떻게든 극복해야 한다고 생각했다.

도망치는 것보다 인정해야 했다. 욕심이 과했다. 다시 시작하기로 해놓고 결승점에 도착해 있는 사람들과 비교하고 있었다. 가시밭길을 뚫고 앞으로 가려면 상처 입을 각오를 해야 한다고 생각했다. 내려간다는 말이 어울릴지 모르겠지만 높은 위치에서 내려가는 것에, 처음으로 되돌아 가 새로 시작하는 것에 익숙해지는 것이 먼저라 생각했다.

좋아하는 것을 배우기로 했다. 평소에 눈여겨보았던 댄스학원에 등록했다. 음악에 맞춰 몸을 흔들고 땀을 흥건하게 흘리다 보면 세상 근심이 사라지는 것 같아 기분이 좋았다. 글 쓰는 강의도 들었다. 생각을 솔직하게 표현하는 연습을 하고 싶었다. 사람들의 평가는 걸러 듣기로 했다. 좋게 이야기해주면 고마웠고 아니면 그걸로 그만이었다. 생각을 써 내려간 글을 다시 읽으며 타인을 만난 것 같기도 했다. 위로를 받는 기분이 들었다. 좋아하는 것들로 시간을 채우는 건 오로지 자신을 위한 선물이었다.

그리고 일명 '자존감 지킴이' 들을 곁에 뒀다. 부족한 모습을 보여도 비난하지 않고 가면을 쓰지 않아도 되는 편안한 사람들을 자주 만났다. 그들을 만나며 외면하고 숨겨왔던 감정들을 수면 위로 꺼내 나다움을 찾아갔다. 다른 사람의 의견과 생각을 과하게 신경 쓰던 시절이 있었다. 선택과 행동의 기준은 항상 남을 향했다. 타인의 관심과 인정받는 것이 중요했기 때문이다. 하지만 그런 과정을 반복하며 얻는 건 별로 없었다. 오히려 고갈되는 것이 많았다. 머리를 복잡하게 만드는 타인에 대한 생각들을 정리하고 본연의 자신을 깊이 들여다보려 노력한다. 원하는 삶이 어떤 것인지, 부족한 부분보다 잘하는 부분에 초점을 맞추고 있다. 살아왔던 동안에 반성할 부분은 없는지 돌아보기도 한다.

마지막으로 잘하지 못하는 분야의 공부도 시작했다. 전형적인 문과생 성향에 컴퓨터의 키읔만 봐도 덜덜 떨리던 사람이었다. 디지털 미디어 시대의 흐름에 맞게 포토샵과 영상 편집에 도전했다. 수많은 영어에 둘러싸여 프로그램을 이해하는 시간이 남들보다 두 배로 걸린다. 답답해서 짜증이 날 때도 있지만, 사람들을 가르치고 이끄는 리더에서 갓난아기 같은 수강생이 된 기분이 꽤 나쁘지 않았다. 못하는 것을 마주하는 일이 겸손을 배우는 것 같았다. 세상의 기준에서 뒤처지는 것만 같아 불안해질 때도 있지만, 숨 고르기의 시간이 필요했다.

두 달이 지났다. 오늘도 여전히 게으름과 열정 사이를 오가며 갈피를 못 잡고 있다.

"요즘은 뭐해?"

지인들의 질문은 기출 변형이 됐다. 이렇게 대책 없이 시간을 보낼 사람이 아닌데 새롭게 일한다는 소식이 없어서 그런가 보다. "놀아"라는 단 한마디로 대답한다. 포장 할 필요도 없었고, 어떤 정보도 주고 싶지 않았다. 구설수에 진절머리가 났다.

마음속 한편엔 아직도 다 크지 못한 어린아이가 웅크린 채로 다른 사람의 눈치를 보고 있다. 기운을 북돋아 주며 충분히 놀아 주고 싶다. 세상의 벽에 부딪혀 넘어질 땐 지금처럼 뒤에 서 있어 주려 한다. '괜찮아, 할 수 있어!' 그렇게 용기를 심어 주다 보면 혼자 일어나 걷기도 하고 스스로 돌볼 줄도 알게 되겠지. 누군가에게 희망을 나누고 손을 내밀어 줄 만큼 성장해 있으리라 믿는다.

어릴 적 그려왔던 '커리어 우먼'의 모습으로 다른 사람에게 좋은 영향을 주는 것이 꿈이다. 힘이 들 때 손 내밀어준 사람들에게도 두 배로 보답하겠다고 마음속으로 다짐했다.

겉으로는 아무것도 하지 않는 것처럼 보이지만 누구보다 최선을 다해 살아가고 있다. 좋아하는 것을 배우며 시간을 보내고 그리웠던 사람들을 만난다. 가끔은 아무것도 하지 않는다. 격렬하게 백수 생활을 보내는 중이다. 자유는 황홀하지만 엄청난 책임이 따른다. 혼자인 것이 외롭고, 어렵기도 하다. 오롯이 자신만의 선택으로 새 삶을 개척해 나가야 하니까. 한 달 벌어 한 달 먹고 사는 생활이지만 후회하지 않는다. 지금이 아니면 삶의 주체로 살 기회를 영영 못 찾을 것 같아서다.

이 귀중하고도 잉여로운 시간이 어떤 이의 눈에는 나태로 또 안타까움으로 보일 수 있지만, 자신을 알아가는 시간은 꼭 필요하다고 생각한다. 그리고 그 시간이 새로운 세상으로 이끌어 주리라는 것을 믿는다. 인생의 정답은 없다. 최선을 다해 자기답게 살아내면 그것으로 충분히 의미 있는 삶이다. 어쩌면 인생에서 가장 중요한 것은 자신을 데리고 살아가는 것이 아닐까.

나는 아직도 다 크지 못한 나를 데리고 살아간다.

휘어진 시간

강휘웅

강휘웅   내가 죽으면 장례식장에서 외국 힙합 노래를 틀었으면 한다. post malone이나 doja cat 정도면 좋겠다. 죽을 때까지 즐겁게 살고 싶다. 항상 재밌는 사람으로 기억되고 싶다. 틀에 박힌 것을 깨고 싶지만, 겁이 많아 상상 속으로만 행한다. 내가 무심코 뱉은 말이 누군가에게 큰 위로가 되길 바란다. 별명은 곰이지만 이름의 '웅'자는 '곰 웅' 이 아니다.

아인슈타인의 상대성 이론에 의하면 시간과 공간은 절대적인 것이 아니다. 물체는 자신의 질량에 비례한 중력을 가지고, 시공간은 그 중력을 타고 휘어진다. 시간이 휘어진다는 것은 쉽게 상상하기 어렵다. 문득 그런 생각이 들었다. 과거에서 미래로 이어지는 시간이 끝도 없이 휘어지게 되면 현재와 과거의 시간이 닿게 되지 않을까. 마치 저 휘어진 츄러스 과자처럼.

그 카페는 이름이 없었다. 카페라는 것을 알 수 있는 유일한 단서는 입구에 그려진 작은 츄러스 그림뿐이었다. 사실 그마저도 카페처럼 보이지는 않았다. 재혁이 처음 그 카페에 들어갔을 때, 그곳은 어디에나 있는 그런 평범한 카페라고 생각했다. 나무 재질의 테이블과 의자가 줄 맞춰 놓여있고, 곳곳에는 작은 화분에 이름 모를 풀들이 자라고 있었다. 넓은 창을 통해 햇빛은 잘 들었지만, 바깥의 담벼락 때문에 도로나 행인들은 보이지 않았다. 창문과 담벼락 사이에는 작은 책상과 의자 몇 개가 놓여있었다. 손님은 아무도 없었지만, 왠지 포근한 기분이 들게 하는 인테리어였다.

단 하나 재혁이 눈을 번뜩였던 것은 냄새였다. 그곳의 공기는 알 수 없는 묘한 기분이 들게 했다. 재혁은 가슴 깊이 공기를 마셨다. 커피 향과 섞인 묘한 그 공기의 냄새를 맡으니 무엇인가 생각이 날듯한 느낌이 들었다. 분명 어디선가 맡아본 냄새였지만, 기억나지 않았다.

하지만 그게 전부였다. 특별할 것 없이 어디에나 있는 평범한 카페. 영화나 소설에서처럼 낯선 세계로 빨려 들어간다거나, 갑자기 끝도 없이 아래로 떨어진다거나 하는 느낌은 전혀 없었다. 하지만 재혁이 그곳에서 만난 사람은 다름 아닌 18살의 자기 자신이었다. 남색 교복에 조금은 낡은 흰 운동화. 귀에 꽂은 MP3 이어폰에서는 당시 인기를 끌던 노래가 흘러나왔다. 과거의 자신과 처음 마주한 순간 재혁은 아인슈타인을 떠올렸다.

"최근 물류 상황으로 보았을 때, 최소 2달 정도 소요될……."

쾅 하고 책상을 내리치는 소리에 재혁은 말을 끝맺지 못하고 소리의 진원지를 바라봤다.

"그걸 지금 얘기하면 어떡해? 이제 와서 뭘 어쩌잔 거야?"

최부장은 재혁을 쳐다보지도 않은 채 한숨을 내쉬며 말했다. 희끗희끗한 머리 아래로 미간은 잔뜩 구겨져 있었다. 깊게 팬 팔자주름은 한번 접힌 턱과 이어져 있는 것 같았다. 최부장은 책상을 내리쳤던 손으로 자신의 이마를 짚었다. 그리고 짜증이 가득한 목소리로 말했다.

"이달 안으로 처리된다고 고객사랑 다 협의가 이루어졌는데, 이제

와서 그러면 어쩌냐고."

　재혁은 눈을 아래로 깔았다. 그리고 우물쭈물하며 현재 물류 상황에 대해 더듬더듬 설명했다. 그러면서 속으로는 자신더러 뭐 어쩌라는 거냐고 생각했다. 글로벌 물류라는 것은 원래 이렇게 제멋대로다. 그래서 절대로 일정에 대해 확신하며 말하지 않아야 한다. 당연히 최부장도 그것을 알고 있다. 하지만 갑작스럽게 복잡해진 일은 최부장의 신경을 건드렸다. 자신이 최종 책임자이기에 어떻게든 해결을 해야 한다. 하지만 글로벌 물류와 같이 회사 외부적인 일은 딱히 손쓸 방법이 없기에 입장이 난처해진다. 최부장은 한껏 짜증을 냈다. 날카로운 최부장의 짜증은 재혁에게 화살처럼 쏟아졌다. 무책임한 담당자라는 말이 재혁에게 날아왔다. 최부장의 언성은 점점 높아져 갔다. 몇 번의 질책을 더 내뱉고 재혁을 부장실에서 내보냈다. 최부장의 날선 감정을 온몸으로 받아낸 재혁은 지친 기색이 가득한 얼굴로 자신의 자리에 돌아와 업무를 시작했다. 이번 일은 회사에서 아주 큰 이슈가 되었지만, 막상 재혁은 무덤덤했다. 그는 회사 일에 흥미를 잃은 지 오래였다.

　재혁에게 최부장은 스트레스 그 자체였다. 외부적인 요인으로 문제가 생기면 재혁의 잘못이 아닌데도 최부장은 재혁에게 그 책임을 물었다. 그럴 때마다 그는 자신도 어쩔 수 없는 상황임을 어필했지만, 오히려 그런 태도가 무책임하다고 질책했다. 재혁은 억울한 마음을 억누를 수밖에 없었다. 자신의 결백을 증명할 100가지의 증거도 결국 무책임이라는 단어 앞에선 무용지물이었다. 그는 머리를 숙이며 죄송하다고 했지만, 결코 죄송한 마음을 가진 적은 없었다.

또 다른 스트레스는 최근 자신을 가득 채운 무력감이다. 재혁은 요한 달간 취미생활이나 사회생활을 거의 하지 않았다. 고등학교 때부터 해오던 농구도 그만둔 지 오래였다. 퇴근 후 집에 가면 누워서 텔레비전이나 보다가 잠드는 것이 일과였고, 주말이면 온종일 빈둥댔다. 일요일 저녁이 되면 다가오는 월요일에 괴로워하며 시간이 멈추길 기도했다. 하지만 기도하는 순간에도 시간은 흘러갔다.

예전에는 회사 일에도 열정을 가지고 덤벼들었다. 관련된 뉴스를 찾아 읽고, 업계의 트렌드를 확인했다. 무역과 물류에 대한 지식을 쌓기 위해 책도 많이 읽었다. 하지만 지금은 아니다. 그가 챙겨보는 것은 스포츠 뉴스가 전부였고, 구매했던 책에는 먼지가 쌓여 있었다. 회사 일에는 아예 흥미를 잃었다. 회사를 생각하면 최부장이 먼저 떠올랐기에 아예 생각하고 싶지 않았다.

재혁은 은연중에 최부장이 이 모든 것의 원인이라고 생각했다. 그 인간이 자신을 조금만 덜 괴롭혔어도 이렇게 무기력해지진 않았으리라. 컴퓨터 키보드를 두드리면서 그는 이번 주말만큼은 어디든 나가겠다고 마음먹었다.

한 부하직원이 재혁의 어깨를 두드리며 부장실을 가리켰다. 재혁이 부장실에서 나온 지 채 5분도 지나지 않아 최부장이 다시 재혁을 호출한 것이다. 재혁은 한숨을 푹 쉬고 알겠다는 손짓을 했다. 그리고 부장실을 한번 쳐다보고 다시 땅이 꺼질듯 한숨을 뱉었다. 이번에는 또 어떤 표정으로 최부장의 괴롭힘을 견뎌야 할지 생각하며 부장실로 향했다.

　재혁이 카페에서 아인슈타인을 떠올린 것은 바로 그 주 토요일이었다. 그는 아무 약속도 없었지만, 아침 일찍 집 밖으로 나와 걷기 시작했다. 새로 산 빨간색 트레이닝복을 입으니 괜히 기분도 좋았다. 그는 주택가에 살았다. 주택들이 다닥다닥 붙어있고, 담벼락을 따라 차들이 빈틈없이 주차되어있었다. 곳곳에는 나무 대신 전봇대가 우뚝 서 있었다. 오랜만에 동네를 거닐다 보니 사라진 가게도 많았고, 새롭게 오픈한 가게도 많았다.

　한참을 돌아다니다 길 끝 모퉁이에서 입구에 츄러스 과자가 그려진 카페를 발견했다. 하얀 외관에 붉은 벽돌로 디자인된 건물은 언뜻 보면 일반 가정집처럼 보이기도 했다. 커다란 은색 대문은 활짝 열려 있었다. 대문 옆으로는 회색 담벼락이 이어져 있었고, 안쪽에는 바로 현관문이 있었다. 여기에 이런 카페가 언제 생겼지? 재혁은 잠시 카페에서 쉬어도 좋겠다고 생각했다. 조심스럽게 대문 안으로 들어갔다. 현관문까지는 계단이 3칸 정도 있었다. 대문과 현관 사이의 좁은 마당은 정원처럼 잘 꾸며져 있었다. 바닥에는 초록빛 잔디가 깔려 있었고, 그 위로 의자와 테이블이 몇 개 놓여 있었다. 현관문 옆에는 큼지막한 창문이 나 있었는데, 조금 높은 곳에 있어 안쪽을 들여다볼 수는 없었다. 재혁은 카페 문을 열고 들어갔다. 문을 열자 문에 달린 도어벨이 짤랑하고 울렸다. 손님은 없었고, 직원으로 보이는 남자가 카운터에 앉아 있었다. 아주 단정한 차림에 깨끗한 앞치마를 두르고 있었다. 울리는 종소리에 자리에서 느긋하게 일어나 재혁을 맞이했다. 메뉴는 커피류 몇 가지와 음료류 그리고 몇 가지 빵으로 구성되어있었다. 재혁은 메뉴판을 조금 훑어보다 아이스라테를 주문했다. 음료를 들고 어디에 앉을지 두리번거렸다.

"저기 옆에 가시면 2층 가는 계단도 있어요."

직원이 카페 안쪽을 가리키며 말했다. 재혁은 굳이 2층까지 갈 필요가 있겠냐고 생각했다. 그러면서도 자연스럽게 2층으로 향했다. 왠지 직원이 알려준 데에는 이유가 있을 것 같았다. 2층에서 바라본 바깥 풍경이 좋다든지, 아니면 2층만의 무언가 특별한 것이 있을지도 모른다.

2층에 올랐을 때 놀랐던 것은 손님이 있었다는 것이다. 1층이 너무나 조용해서 당연히 자신이 첫 번째 손님인 줄 알았다. 하지만 2층 창가 자리에는 남색 교복을 입고 있는 남학생이 창밖을 보며 앉아 있었다. 아마도 이 인근 고등학교의 학생인 것 같았다. 2층도 1층과 크게 다를 것은 없었다. 의자와 테이블, 화분 몇 개. 그리고 커다란 창문을 통해 1층에서 볼 수 없었던 담장 너머를 볼 수 있었다.

재혁은 창가 자리로 다가갔다. 창문 밖 풍경을 보면서 앉아 있으려는 심산이었다. 그리고 그가 자리에 앉아 음료를 내려놓는 순간 무언가 이상하다는 느낌이 들었다. 옆자리 고등학생을 거의 스치듯이 본 것이지만, 왠지 모를 기시감이 느껴졌다. 어디선가 본 것 같은, 이따금 '이 장면을 꿈에서 봤어!'라는 생각이 들 때처럼 낯설면서 친숙한 기분이 들었다. 재혁은 고개를 돌려 고등학생을 쳐다보았고, 동시에 고등학생도 재혁을 바라봤다. 처음에 둘은 서로를 어디선가 마주친 사람이라고 생각했다. 그리고 곧바로 자신이 아는 사람이라고 확신했다. 전에 만났던 사람인가? 먼 친척이었던가? 이윽고 내 눈이 바라보고 있는 것이 다른 시간을 살고 있는 자신 임을 알아챘고, 두 명의 재혁은 휘둥그레진 눈으로 서로를 바라봤다. 재혁은 입이 떡 벌어진 채로, 고등학생은 마시던 음료를 그대로 손에 든 채로 아무 소리도 내지 못한 채 한참을 바라보기만 했다. 둘은 눈 앞에 펼쳐진 상황을 이해하지 못했다. 카페 2층은 마치 시간이 멈춘 듯 아무 소리도, 어떠한 움직임도 없었다.

최부장이 회사의 메인 사업부에서 비주류 사업부로 발령받았을 때, 재혁은 비주류 사업부의 신입사원이었다. 재혁이 입사한 지 약 2달째, 회사라는 조직과 업무에 적응하기에도 정신없었던 그 시기에 최부장은 보잘것없는 부서로 유배되었다며 울분을 토하고 있었다. 20년 가까이 회사에 헌신하고 자신의 삶을 내어 회사에다 돈을 벌어주었는데, 그 노력을 못 알아봐 주는 것이 억울했다. 반면 재혁은 회사가 자신의 삶 속으로 들어오는 것을 꺼렸다. 그에게 회사는 그저 돈을 벌 수 있게 해주는 조직일 뿐이었다.

아마도 처음부터 최부장과 재혁은 어긋난 톱니바퀴였을지도 모른다. 최부장의 눈에는 재혁의 모든 것이 아쉬웠다. 항상 어설펐고, 꼼꼼하지 못해 실수투성이였다. 그것은 신입일 때 누구나 겪는 것이기에 괜찮았다. 오히려 일머리가 있어 보이는 재혁을 더 이끌어주고 싶었다. 재혁이 일에 관심을 더 가지고 파고든다면 분명히 잘할 수 있을 것이라고 최부장은 생각했다. 하지만 재혁에겐 부담스러운 상사의 관심과 잔소리였을 뿐이었다. 주어진 일에 책임감을 느끼고 열심히는 하겠으나, 그 이상을 회사에 기여하고 싶지 않았다. 될 수 있으면 쉽게 일하고, 많이 벌고 싶은 마음이었다.

최부장이 신입사원이었던 재혁에게 처음 건넨 조언은 '처음 1년간 배우는 것이 아주 중요하다.'였다. 가장 빠르게 많은 것을 흡수할 수 있는 시기이니, 요령이나 노하우가 아닌 정석적인 방법을 확실하게 배우라고 말했다. 최부장은 재혁에게 새로운 업무를 지시할 때마다 그 업무의 결과보다는 과정에 대해 꼬치꼬치 캐물었다.

첫 수출입 업무를 담당하게 된 재혁은 동료들과 선배들에게 도움을 받아, 무사히 물건을 고객사에 전달했다. 하지만 최부장은 재혁에게 쓴소리를 내뱉었다. 최부장에겐 물건이 무사히 전달되는 것은 당연한 일이었다. 그보다 그 과정에서 오가는 서류들이 무엇을 의미하는지, 또 수출자와 수입자 그리고 고객 사이에서 어떤 업무 프로세스가 진행되는지 파악하는 것을 더 중요시했다.

하지만 입사한 지 반년도 되지 않은 재혁에겐 당장 주어진 일을 처리하는 것만 해도 쉬운 일이 아니었다. 눈앞의 나무 한 그루를 베는 것도 벅찬 일인데, 여기가 어떤 숲이고 어떤 생태계를 가졌는지는 생각할 여력이 없었다. 그저 수입하는 물건을 고객사에 전달하는 일로도 정신이 없었다. 하물며 지금 손에 들려진 서류가 누가 발행한 것이고, 어떤 의미를 가졌는지가 뭐가 중요할까. 업무에 익숙해지다 보면 자연스럽게 전체적인 프로세스를 알게 될 것이고, 그러면 당장 눈앞에 보이는 일들, 그 너머를 볼 수 있을 것이라고, 시간이 자신을 그렇게 만들어 줄 것이라고 재혁은 생각했다.

　최부장은 여느 때와 다름없이 재혁을 부장실로 호출했다. 재혁은 이번에 맡은 수입 서류 정리 건에 대해 꼼꼼히 살펴보고 있었다. 서류에 있는 단어들에 의미를 파악하고, 각각의 서류가 어디에서 어디로 전달되는지, 그리고 그 역할이 무엇인지 인터넷과 주변 사람들의 도움을 받으며 열심히 조사했다. 그는 속으로 이번만큼은 꼭 인정받아 보이겠다고 다짐했다. 부장실 문 앞에서 심호흡을 한 번 했고, 문을 두 번 두드린 후 천천히 문을 열었다. 부장실에는 외부 손님과 미팅을 할 수 있는 멋진 소파와 낮은 테이블이 놓여있었다. 고급스러운 검은색 가죽 소파였다. 재혁은 부장실에 들어올 때마다 그 소파에 압도당하는 느낌이 들었다. 재혁에겐 그 소파가 마치 자신을 혼내기 위해 존재하는 자리인 것만 같았다.

　최부장이 무뚝뚝하게 자리에 앉으라 말했다. 재혁은 소파 가장자리에 조심스레 앉았다. 그리고 곧바로 최부장의 캐물음은 시작되었다. 이 서류는 뭐지? 누가 누구에게 주는 거지? 재혁은 자신이 찾아보고 공부한 바에 대해 조금은 떨리는 목소리로 차분히 대답했다. 최부장은 묵묵히 고개를 끄덕이며 듣다가 재혁을 힐끔 바라보았다. 재혁은 이번에야말로 혼나지 않고 지나갈 수 있을 것이라 생각했다. 그러면 앞으론 조금은 자신을 인정해주고, 이렇게 시험하듯 캐묻지는 않을 것이리라.

"유류할증료가 뭐지?"

최부장이 다시 질문했고, 재혁은 유가 변동에 따라 할증되는 비용이라고 정확하게 대답했다. 하지만 이내 돌아오는 질문에 재혁은 조금은 황당한 표정으로 최부장을 바라봤다.

"그럼 기름값은 왜 변하지?"

재혁은 대답하지 못했다. 일정한 속도로 주고받던 문답이 끊기자 정적이 부장실을 가득 채웠다. 재혁에겐 너무나 황당한 질문이었다. 유가가 왜 변하냐니. 유가는 항상 오르락내리락하는 것. 그냥 그렇게 항상 변하는 거로만 알고 있었다. 게다가 자신이 수입 서류를 정리하다가 대뜸 유가에 대해 찾아볼 이유도 없었다. 길어지는 정적에 재혁의 이마엔 땀방울이 맺혔다. 최부장은 숨을 크게 내뱉었다. 무역 회사에 일하면서 유가에 대해 모르는 게 말이 되냐며 호통은 시작되었다. 재혁은 한껏 움츠러든 어깨로 고개를 숙일 수밖에 없었다. 더 열심히 하겠다는 말을 몇 번이나 반복하고 나서야 재혁은 부장실을 겨우 빠져나올 수 있었다. 재혁은 자신이 평생 저 인간을 만족 시킬 수 없을 것이라며 땅이 꺼질 듯 숨을 내뱉었다. 최부장 또한 허접한 부서이다 보니 부하직원도 이런 수준이라고 생각했다. 재혁과 최부장의 톱니바퀴는 시작부터 어긋나버렸던 것이다.

두 명의 재혁은 서로가 자기 자신임을 확인하려고 했다. 새빨간 트레이닝복을 입은 재혁이 입을 열어 목소리를 내자마자 고등학생인 재혁은 소스라치게 놀랐다. 고등학생은 목소리를 듣는 순간 상대가 미래의 자신임을 확실히 느낄 수 있었고, 그런 학생의 반응을 보고 어른이 된 재혁도 과거의 자신과 마주하고 있음을 확인했다. 고등학생은 횡설수설하며 떠들기 시작했다. 이게 어떻게 된 일인지, 진짜로 자기 자신이 맞는지, 미래에서 온 건지, 미래에는 타임머신이 생긴 건지. 대답할 틈을 주지도 않고 계속해서 말을 쏟아 냈다. 그에 비해 재혁은 벌어진 입을 다물지 못한 채, 떠들고 있는 고등학생을 그저 바라보기만 했다. 내 눈앞에 이 정신 사나운 생명체는 도대체 무엇인가. 이게 가능한 일인가. 내가 고등학생 때 저랬었나. 그는 시끄럽게 떠드는 고등학생의 말에 어떤 대꾸도 하지 않았다. 시간이 조금 지나자 고등학생의 흥분은 점차 가라앉았다. 그리고 각자 최선을 다해 지금 이 상황을 받아들이려고 노력했다. 그들은 어떻게 이곳으로 오게 되었는지 서로에게 물었다.

고등학생은 여느 때처럼 학교 농구부 연습이 끝난 후 집에 가는 길이었다. 고된 연습에 상당히 지친 채 길을 걷고 있는데 문득 건물 입구에 그려진 츄러스 그림이 눈에 띄었다. 학생은 츄러스가 먹고 싶었다. 휘어진 츄러스. 그것이 입안에서 바스러지는 소리가 들리는 듯했다. 학생은 카페로 들어왔다. 츄러스와 아이스티 한잔을 주문했다. 어디에 앉을까 두리번대는데 2층에도 자리가 있다고 직원이 말했다. 굳이 2층까지 갈 필요는 없다고 생각하면서도 학생은 2층으로 올라왔다. 왠지 2층을 알려준 이유가 있을 것 같다는 느낌 때문이었다.

그제야 재혁은 학생 앞에 놓인 비어있는 접시를 발견했다. 츄러스로 보이는 빵 부스러기와 설탕 가루들이 반짝거리고 있었다. 재혁은 자신도 별생각 없이 그저 조금 쉬었다 가겠다는 생각으로 카페에 들어왔다고 말했다. 또 같은 생각을 하며 2층으로 올라왔다고 하자 고등학생은 웃음을 터뜨렸다. '나와 나는 통하는구나' 하고 생각했다.

재혁은 자신의 고등학교 시절을 떠올려 봤다. 고등학교 1학년 때 농구의 재미를 느낀 그는 농구부에 들어갔다. 중학교 때부터 농구를 해오던 친구들과 격차가 있었지만, 열심히 노력한 끝에 2학년 말쯤에는 주전으로 대회에 나갈 수 있었다. 그 시절을 떠올리다 보니 재혁은 카페에 들어서자마자 맡았던 냄새가 어떤 냄새인지 문득 알게 되었다. 눈이 번뜩 뜨이는 묘한 공기의 냄새. 익숙하지만 한동안 접해보지 못한 이 냄새는 자신이 땀 흘리며 농구 연습을 하던 그 시절 학교 체육관의 냄새였다. 나무로 된 바닥과 이를 매끈하게 해주는 왁스. 이모든 것들이 섞여 있던 체육관 냄새. 그는 이 사실을 떠올리자 왠지 소름이 돋았다. 내가 정말 과거로 와버린 걸까? 언제? 어느 틈에? 아니다. 어쩌면 이곳 바닥도 똑같은 나무와 왁스를 써서 일지도 모른다.

고등학생이 반말해도 되냐고 조심스럽게 물었다. 미래의 자신인데 존댓말 하는 건 좀 이상하지 않냐는 것이다. 재혁은 단호하게 안 된다고 했다. 고등학생 재혁은 조금 불만스러운 표정을 지었다. 하지만 금세 호기심이 가득한 얼굴로 미래의 생활은 어떠냐고 물었다. 어른 재혁은 여전히 지금 상황이 믿기지 않았기에, 고등학생 재혁의 질문을 무시한 채 곰곰이 생각에 잠겼다. 시간여행을 소재로 하는 여러 영화에서처럼, 과거의 자신에게 어떤 영향을 주게 되면 현재의 자신도 같이 영향을 받는 것이 아닐까? 지금 당장 최근의 로또 번호를 확인해서 사라고 조언해줄까? 그러면 현재의 나도 부자로 바뀔까? 짧은 시간 속에 재혁의 머리는 혼돈으로 가득 차버렸다. 고등학생이 멍하니 허공을 응시하던 재혁을 툭툭 건드렸다. 재혁은 그제야 정신을 차리고 방금 뭐라고 했는지를 고등학생에게 물었다.

"그러니까 그때의 나는 어떻게 살고 있냐고요. 몸을 보아하니 농구선수는 되지 못한 것 같고. 어때요? 미래의 나는 행복하게 살고 있나요?"

고등학생은 재혁을 위아래로 훑으며 말했다. 그리고 조금 남은 아이스티를 마저 비웠다. 재혁은 바로 답하지 못했다. 최근의 일상을 떠올리니 그리 특별한 것이 없었다. 딱히 행복한지도 모르겠고, 그저 흘러가는 대로 살고 있었을 뿐이다. 흘러가는 시간의 대부분이 회사였기에, 그의 삶은 스트레스와 무기력으로 가득 차 있다고 할 수 있었다. 어린 자신에게 이런 상황을 말해주고 싶지는 않았다. 그것이 마치저 학생의 꿈과 희망을 짓밟는 일처럼 느껴졌기 때문이다. 재혁은 고등학생의 때 묻지 않은 눈동자를 지긋이 바라봤다. 그러다 눈을 피했고, 슬쩍 웃으며 고등학생 때 보다 훨씬 즐겁다고 대답했다. 고등학생은 부러워하며 어른이 되면 자유를 누릴 수 있어서 그런 것이라고, 고등학생은 학교와 학원, 공부에 잡혀 산다며 투덜거렸다. 재혁은 어린 자신의 투정이 왠지 귀엽게 느껴졌다. 그래도 그때가 좋을 때라며 고등학생의 어깨를 툭 쳤다.

재혁은 사실 지금도 회사와 돈에 사로잡혀 살고 있지만, 그렇다고 말하기는 싫었다. 그런 생각을 떨쳐내려 대화 주제를 돌리려 했다. 그는 농구부 이야기를 꺼냈다. 그러자 고등학생의 어깨가 축 처졌다. 농구 얘기에 조금은 지쳐 보이기도 하고, 어딘가 자신감이 없어 보이기도 했다. 고등학생은 조금 힘이 빠진 목소리로 고민을 털어놓았다. 자신은 고등학교에 올라오고 나서 농구를 시작했기 때문에, 중학생 때부터 농구를 해오던 친구들과 차이가 너무 많이 난다는 것이다. 온종일 농구공을 손에서 놓지 않고 지내고 있지만, 경험의 차이는 어마무시했다. 그리고 오늘 연습에서도 그 격차를 한 번 더 실감할 수 있었다고 했다. 왜 거기서 그렇게 패스를 하냐. 방금은 슛을 쐈어야 했다. 그런 움직임은 좋지 않다. 자신을 향한 수많은 평가가 쏟아졌다. 누구나 그렇듯이, 자신에 대해 나쁜 피드백만 쏟아지게 되면 결국 자신을 믿을 수 없게 된다. 고등학생 재혁은 시합 중에 자신을 믿을 수 없었다. 지금이 동료에게 패스해야 하는지, 내가 직접 슛을 해야 하는지. 그는 모든 순간에 머뭇거렸고, 이것은 다시 그가 질책을 듣게 되는 원인이 되었다.

재혁은 어떤 말이라도 해주고 싶었지만, 입이 쉽게 떨어지지 않았다. 생각나는 말은 많았다. 자신감을 가져라, 남들의 평가로 너를 판단하지 마라, 너 자신을 믿어라. 유명인사의 강의나 저서에서 자주 나오는 멘트들. 하지만 재혁은 자신이 저런 말을 해줄 자격이 없다고 생각했다. 최부장이 떠올랐다. 최부장은 모진 말들로 재혁의 노력을 헛수고로 만들었다. 반복되는 부정적 평가에 재혁은 점점 자신감을 잃어서, 이제는 회사에서 작은 일 하나를 하더라도 자신의 방법이 옳은지 주변의 눈치를 살피게 되었다. 재혁은 지금의 자신도 지키지 못하는 조언을 과거의 자신에게 함부로 해줄 수 없다고 생각했다.

하지만 고등학생의 축 처진 어깨를 보니, 어떻게든 힘을 줄 수 있는 말을 해주고 싶었다. 어른이 되면 흔적도 없이 사라질 고민일 텐데, 그런 일들로 힘들어하는 자신을 보는 것이 안타까웠다. 재혁은 자신의 과거를 회상하며 도움이 될만한 말들을 찾기 시작했다. 고등학교에서 농구를 하던 나날들을 떠올렸다. 하지만 생각나는 것이 많이 없었다. 10년도 더 넘은 일들이라 가물가물했다. 확실히 기억나는 것은 대회에서 주전으로 뛰었다는 것과 전국대회에서 준우승하며 친구들과 기뻐했던 일 뿐이었다. 어떻게 주전이 되었고, 자신이 준결승에서 어떤 역할을 했는지는 가물가물했지만, 그 두 가지는 확실히 기억이 났다.

재혁은 고등학생의 축 처진 어깨에 손을 올렸다. 그리고 포기하지 말고 열심히 하라는 상투적인 말을 건넸다. 언젠간 반드시 좋은 결과가 있을 테니 끝까지 해내라고 말했다. 고등학생은 재혁을 바라보며 겉모습은 자신과 비슷한데, 진짜 어른 같아서 신기하다고 말했다. 재혁은 씩 하고 미소를 지었다. 고등학생은 자신도 빨리 어른이 돼서 여유 있고, 자신감 있는 사람이 되고 싶다고 말했다.

재혁은 그 말을 듣고 잠시 고민에 빠졌다. 어른이 되어도 막상 그렇지만은 않다는 것을 말해주는 것이 좋을까. 힘든 미래에 대해 미리 말해줘도 괜찮을까. 그렇지만 그런 것을 숨기면서까지 좋은 말만 해주고 싶지는 않았다. 과거의 자신도 결국 시간이 지나면 다 겪게 될 일인데, 거짓말로 헛된 희망을 주는 것 같았다. 자기 자신을 속이지 말자고 마음먹은 재혁은 입을 열었다.

"사실 이 나이가 돼도 그렇게 좋지는 않아. 너보다 체력은 떨어지고, 돈이 좀 더 생겼을 뿐이지. 직장 상사가 한 명 있는데 나랑 사이가 좋지가 않거든."

고등학생은 흥미진진한 눈으로 재혁의 말에 귀를 기울였다. 재혁은 최부장과의 일들을 덤덤하게 꺼내놓기 시작했다.

최부장과의 시간은 재혁에게 긴장과 공포 그 자체였다. 특히 그가 신입이던 시절은 더욱 그랬다. 재혁은 최부장의 사소한 질책에도 자신을 책망했다. 난 왜 이렇게 능력이 부족할까. 다음엔 더 집중해야지. 하지만 사람은 어디든 금세 적응해버리기에, 재혁도 차츰 그 공포와 긴장감에 적응해갔다. 이제 최부장의 잔소리는 그저 견뎌내야 하는 시간에 불과했다. 그러려니 하고 넘길 수 있는 여유가 생긴 것이다. 재혁은 이런 여유를 얻는 대신, 자신감과 의욕을 내어 주어야 했다. 오랫동안 겪어온 최부장에 대한 공포를 극복하지 못하고, 삶에 일부로 받아들인 결과였다.

재혁은 최근 퇴사에 대해 진지하게 고민하고 있다고 말했다. 괜찮은 회사에서 적당한 월급을 받으며 살고 있지만, 최부장이 퇴직하기를 기다리기엔 자신의 멘탈이 너무 피폐해질 것 같았다. 3년의 경력도 쌓였으니 어디서든 밥벌이는 할 수 있을 것이다. 회사에서는 업무 틈틈이 구직사이트에서 일자리를 알아봤다. 그리고 언젠가 정말 퇴사를 결심하게 되면, 최부장에게 가서 따끔하게 한마디 하리라. 그동안 나를 왜 이렇게 괴롭혔냐고. 나를 왜 이렇게 못 잡아먹어서 안달이

냐고. 아랫사람에게 잘해라. 무능한 부하를 만난 것이 아니라, 당신이 나를 무능하게 만든 거다. 그리고 사직서를 최부장의 면전에다 던지고, 소리 지르는 최부장을 뒤로한 채 유유히 회사 밖으로 걸어 나가는 모습을 상상했다. 하지만 절대로 그럴 수 없다는 것을 안다. 사람의 평판이란 것은 발 없는 말과 같아서 눈 깜짝할 새에 천 리를 뻗어 나간다. 이직하거나 다음 회사에서 문제가 될 수도 있다. 아쉽지만 최부장을 더는 안 봐도 된다는 사실에 만족해야 했다.

재혁이 최부장과 있었던 이런저런 일을 주절거리다 고등학생을 바라봤다. 고등학생은 미간을 찌푸린 채 심각한 표정으로 이야기를 듣고 있었다. 재혁은 쓸데없이 너무 주절거렸다며 신경 쓰지 말라고 했다. 이것도 다 지나고 나면 별일 아닐 거라고. 그러자 고등학생이 진지한 표정으로 말했다.

"최부장이라는 그 사람이랑 한번 싸워보지 그랬어요."

재혁은 아무 말 없이 고등학생을 바라봤다. 싸워보라는 말이 농담인지 아니면 진지한 생각에서 나온 말인지 추가적인 설명을 기다렸다. 고등학생은 다시 말을 이어갔다.

"아…… 그러니까 가만히 있지만 말고, 한 번쯤은 맞서서 부딪혀보란 말이었어요. 치고받고 싸우라는 게 아니라."

재혁은 피식하며 웃었다. 자신은 한 번도 최부장에게 부딪혀보지 못했다. 그저 날아오는 질책을 받아내고 견디기에 급급했었다. 그랬기에 고등학생의 답변이 의외로 명쾌하게 다가왔다. 직장 상사라고 자신보다 위대한 사람이 아니다. 그저 조금 더 일찍 회사에 들어와 업무적으로 많은 경험을 쌓은 사람. 밖에서 보면 그저 수많은 아저씨 중 한 명일 사람. 마치 중학교 때부터 농구를 시작한 그 친구들처럼 나보다 어떤 일을 오래 한 사람. 왜 맞서서 한마디 해볼 생각은 못 했을까. 어쩌면 그 한마디가 불러올 또 다른 상황들이 겁이 나서였을지도 모른다. 재혁은 이런 생각들을 하며 천천히 입을 열었다.

"쉽지가 않지. 최부장은 나보다 아는 것도 많고, 경험도 많은 사람인데 괜히 부딪혔다가 나만 더 깨질 거야. 나는 무조건 이길 수 있을 때만 싸우고 싶거든. 지는 게 싫어서. 근데 그 사람이랑 싸우기엔 내가 준비가 부족하다고나 할까."

이야기를 듣던 고등학생이 신기한 듯 웃었다. 그리고 역시 어른이 돼도 생각하는 것은 비슷하다고 말하며 재혁의 음료를 가져와 홀짝였다. 재혁은 그 모습을 보며 피식하고 웃었다. 고등학생은 음료를 자기 앞에 내려놓은 뒤 말을 이었다.

"제가 전에 한번 농구부 감독님한테 혼났었거든요. 저도 항상 준비가 덜 됐다고 생각했어요. 같은 팀에 친구들은 중학생 때부터 농구를 했었고, 저는 고등학생이 돼서 시작했으니까요. 그때가 지역 고등학교 농구대회였을 거에요. 주전이었던 친구가 갑작스럽게 그날 경기에 못 오게 되면서 한자리가 비게 되었죠. 감독님은 저에게 기회를 주셨어요. 하지만 저는 겁이 났어요. 매번 연습경기에만 참가하고, 대회에선 항상 응원만 했었는데, 갑자기 진짜 경기를 뛰게 된 거죠. 그래서 감독님께 아직 대회 경기에서 뛰기엔 이른 것 같다고 말씀드렸어요. 준비가 덜 된 거 같다고, 아마 방해만 될 거라고. 다음에 친구들과 비슷한 수준이 되면 그때 좋은 모습 보이겠다고요. 그러니 감독님이 이러시더라고요. '준비가 너의 목표가 되어선 안 된다. 경기에 나가서 아무것도 못 하더라도 상관없다. 농구코트에 서 있기만 하더라도 충분하다. 코트에서 네가 실수하고, 상대에게 막히고, 부딪혀 넘어지고, 슛을 놓치더라도 경기장에서 뛰고 있다는 이유만으로 너에겐 박수가 쏟아질 거다. 벤치에 앉아 언젠가 준비가 되면, 그때 나가서 모두에게 본때를 보여주겠다고 생각만 하고 있으면 아무 일도 안 생긴다. 왜냐하면 완벽히 준비되는 그런 순간은 절대 오지 않거든.' 그래서 그날 저는 마음을 다잡고 경기장으로 들어갔어요. 그리고 막상 뛰어보니까 이게 별거 아니더라고요. 비록 경기는 졌지만."

고등학생은 웃으며 말을 마무리했다. 재혁은 고등학생의 말을 아주 경청하고 있었다. 그때 감독님이 해줬던 말들이 어렴풋이 기억이 났다. 또 자신이 그 말에 아주 감명받고 삶의 여러 부분에서 그런 태도들 가지려 노력했었던 것도 떠올랐다. 재혁은 잊고 있었던 이러한 마음가짐을 속으로 곱씹어 보았다. 투쟁심이라고 할까. 그저 맞서보는 것. 겁먹지 않고 그대로 부딪히는 것. 이것은 비단 농구 경기의 이야기는 아니라고 생각했다. 어쩌면 그때 감독님은 삶에 관해 이야기를 하신 것일지도 모른다. 지금까지 살아오며 수도 없이 부딪히고 쓰러졌지만 다시 일어섰다. 패배했던 순간들은 힘들었지만, 다시 일어서 걸어가는 것만으로도 많은 박수와 응원을 받아왔다.

고등학생은 자기 앞에 놓아둔 재혁의 음료를 한 모금 마셨다. 그리고 이제 학원에 가야 할 시간이라고 말하며 자리에서 일어섰다. 재혁이 휴대폰을 열어 시간을 확인했다. 벌써 점심시간이 가까워져 있었다. 고등학생은 책가방을 울러맸다. 재혁에게 인사를 하며 멋진 조언을 해줘서 고맙고 또 자신을 위해 행복한 미래를 많이 만들어 달라고 했다. 재혁은 웃으며 농구나 열심히 하라고 말했다.

멋진 조언이라니. 재혁은 자신이 고등학생에게 건넨 말 중에 어떤 것이 멋진 조언에 해당하는지 알 수 없었다. 오히려 자신이 더 많은 위로를 받았다고 생각했다.

고등학생은 계단을 통해 1층으로 내려갔다. 재혁은 계단 아래로 사라져가는 고등학생의 뒷모습을 바라보았다. 아까 고등학생이 학교를 마치고 이 카페에 들렀다고 한 것이 생각났다. 그런데 지금은 주말 점심시간이다. 아주 이상했지만, 이제 와서 그런 게 뭐가 중요하냐고 생각했다. 주변을 둘러보았다. 이제는 진짜 이 카페에 손님은 자신뿐이라고 생각했다. 그러자 방금까지의 대화가 마치 꿈처럼 느껴졌다. 누군가에게 말하면 헛소리라고 여겨질 것이다. 창가 자리에는 빈 접시가 놓여있었다. 접시에는 빵 부스러기와 설탕 가루가 반짝이고 있었다. 분명 누군가 여기서 츄러스 과자를 먹은 것이 확실했다. 시간이 휘어졌다. 어떤 거대한 중력을 타고 휘어진 시간이 과거의 자신을 만나게 해준 것이다. 재혁은 아인슈타인을 떠올렸다.

월요일 아침은 매주 찾아오지만, 결코 친해질 수가 없었다. 주말 동안 늦은 아침잠에 적응한 몸뚱아리를 달래는 것으로 하루를 시작했다. 재혁은 회사로 출근하며 고등학생과 나눈 대화를 생각했다. 산다는 것은 농구 경기를 뛰는 것과 같다. 농구 경기중 넘어지고, 상대에게 막히고, 슛에 실패했던 순간들이 떠올랐다. 하지만 슛을 성공시키고, 멋지게 상대를 이겨내고, 경기에 승리하여 박수갈채를 받던 순간도 있었음을 생각했다. 벤치에만 앉아 있으면 패배의 굴욕을 당할 일은 없겠지만, 오직 농구 코트를 밟고 땀범벅이 되는 사람들에게만 영광의 순간이 찾아온다. 재혁은 감독의 말을 가슴 깊이 되새겼다. 하지만 최부장과 정말로 싸울 수는 없겠지. 재혁은 괜히 아쉬웠다.

　출근한 지 1시간이나 되었을까. 한 부하직원이 재혁의 어깨를 조심스레 두드렸다. 그리고 최부장이 재혁을 찾고 있다고 낮은 목소리로 속삭였다. 부하직원은 재혁을 조금 안쓰러운 표정으로 바라봤다. 재혁은 부하직원을 바라보고 고개를 끄덕였다. 부장실로 향하는 재혁의 발걸음은 거침없었다. 지금 신고 있는 것이 구두가 아니라 농구화였으면 좋았을 텐데. 부장실 문 앞에 선 재혁은 물끄러미 자신의 신발을 바라보았다. 크게 숨을 내쉬었다. 재혁은 문을 열고 경기장으로 들어갔다.

어쩌면 나도

유현아

유현아   세상에는 재미있는 것들이 너무 많다. 이제는 도전을 즐기며 그 시간 또한 즐긴다.
여행이 좋고 사람이 좋다. 무언가를 배우다보니 하고 싶은 것이 많아졌다.
공통점이라고는 볼 수 없는 다양한 취미와 배움을 즐기며 '나' 또한 '나'에 대해
알게 되었다. 다양한 경험과 배움을 통해 오늘도 나는 성장 중이다. 글이 좋아
시작한 블로그, 이제는 작가까지. 이 과정 또한 배움이었다.

'나에 대한 자신감을 잃으면 온 세상이 나의 적이 된다.' 시인 랄프 왈도 에머슨이 얘기한 자존감에 대한 명언이다. 자존감은 자신에 대한 존엄성이 타인들의 외적인 인정이나 칭찬에 의한 것이 아니라 자신 내부의 성숙한 사고와 가치에 의해 얻어지는 개인의 의식을 의미한다. 20살까지의 나는 출퇴근 시간 버스 가득 사람들이 많으면 제일 구석에 자리하고 있었고 내리기 세 정거장 전부터 어떻게 내려야 하나 걱정을 했다. 벨을 눌렸을 때는 시선이 쏠리진 않을까 두렵기도 했다. 소심했던 건지 남들 눈치를 많이 보는 타입이었던 건지. 명확한 자존감에 대한 뜻도 모르면서 다른 사람들의 시선이 무섭다는 이유로 자존감이 낮다는 틀 안에서 살았다.

유년기 때는 첫째라는 이유로 정말 많은 것들을 배워보고 도전을 해왔다. 그렇기에 사람들을 좋아했고 사람 만나는 것이 좋았고 새로운 것을 배우는 것에도 굉장히 긍정적이었다. 성격도 밝은 편이었다. 학예회를 하면 무대에 올라가는 것을 좋아했고 그중에서도 센터에서는 것을 좋아했다. 예전 사진을 보면 사람들 속에서 행복해하는 나를 볼 수가 있다. 미세한 기억이지만 학창 시절과는 또 다른 나를 쉽게 꺼내 볼 수가 있었다.

　아무 걱정 없었던 유년기를 보내고 청소년기를 보내던 하루는 같은 동네에 살아서 매일 매일을 함께 놀았던 친구와 같은 반이 된다. 매일 만나던 친구를 하루 중 절반 이상을 보게 된 게 독이었을까? 반학기가 지났을 무렵에는 오히려 멀어져갔다. 예쁘고 인기가 많았던 그 친구 주위에는 항상 친구가 많았고 다른 친구들은 이미 친해질 대로 친해져 있었다. 제일 친한 친구를 잃음과 동시에 혼자인 시간이 점점 많아졌다. 초등학생이었음에도 연수로 따지면 9년 친구였으니까. 워낙 어렸을 때부터 친했기에 이후로도 당연히 그 친구와 많은 시간을 보내리라 생각했다. 멀어진 명확한 계기는 찾을 수 없었지만, 그 당시에는 첫 인간관계였기에 이런 상황 자체가 어려웠고 힘들었다. 사람 관계에도 노력이 필요하다는 것을 깨닫는 동시에 어떻게 해결해야 하는지 몰랐었기에 나에 대한 자신감도 많이 잃었다. 외로움에 혼자인 것이 싫었고 학교생활이 조심스러웠다.

　매년 새 학기가 되면 새로운 무리가 생기고 새로운 친구들을 만나게 되지 않는가. 예전처럼 친구를 허무하게 잃고 싶지 않았기 때문에 매번 진심이었고 또 진심이었다. 그래서였을까 나에 대해 어떻게 생각하느냐가 중요해졌고 그렇게 마음에는 보이지 않는 벽이 생기기도 했다. 중학생이 되고 그 친구와 또 같은 반이 되었다. 아무렇지 않게 다시 인사를 하고 각자의 무리와 각자의 친구들과 지냈지만, 눈치는 보였다. 그때처럼 친구들이 나를 떠나지 않을까. 싫어하진 않을까. 걱정이 컸던 것 같다. 걱정도 잠시 그 친구로부터 뜻밖의 사과를 듣게 되었다. 너무 어렸고 새로운 친구들이 많았다고. 서로가 당연해서, 뜻하지 않게 상처를 준 것 같다고. 사과를 받을 거라곤 상상도 못 했기에 집에 와서 한참을 울었다. 마음이 허했다. 사람이 좋았던 것뿐이었는데. 이렇게 멀어지고 만날 수 있구나. 며칠이 공허했던 것 같다. 이미 타인의 시선이 중요해졌고 이런 일이 반복되면 안 된다고 생각했다. 누구를 만나도 나를 싫어하진 않을까 하는 걱정부터 앞서는 마음에 마음의 문을 열기도 쉽지만은 않았다. 사람을 알아가는 데에 시간이 필요했고 모두에게 사랑을 받고 싶었기에 착해야만 했다. 나의 내면에 대한 생각이나 의견은 항상 뒷전이었다. 그렇게 나는 만들어졌다. 모든 사람이 그렇지 않을까? 나라는 기준에 다른 사람들을 맞춰가며 자기화했다.

'학교 가기 싫어' 초등학생 때에는 정말 친구들이 무서워서, 사람이 무서워서 학교 가기가 싫었다. 날마다 부모님과 실랑이했고 다음 날이 오지 않았으면 했다. 매년이 시험 같았다. 좋았던 해가 있기도 했지만 힘들었던 해도 있었다. 중학생 때에도 마찬가지로 학교에 가기 싫은 순간이 있었다. 하지만 유년기 때만큼 투정 부리진 못했다. 동생들이 있었고 학교생활까지 잘 해내야만 했으니까. 부모님 앞에서도 솔직하지 못했다. 점점 집에서의 나도 나를 숨겼다.

'나에 대한 자신감을 잃으면 온 세상이 나의 적이 된다.' 시인 랄프 왈도 에머슨의 명언처럼 나에 대한 자신감이 많이 없었고 위축되어 있었다. 스스로가 벽을 만들어 보이지 않는 적도 많이 두고 살아왔다. 벽이라는 게 사람을 두고 말하는 것도 있지만 타 시선에 나를 맞춰야 만 했으니 내면에 대한 벽도 만들며 지내왔다.

고등학생 입학과 동시에 입시도 다가왔다. '어느 대학교에 가야 하지?' '과는 무엇을 선택해야 할까?' 처음으로 내가 하고 싶은 것, 꿈과 미래라는 것을 생각해보게 되었다. 오로지 내면에만 집중해야 했기에 쉽지만은 않았다. 내가 무엇을 잘하는지 무엇을 좋아하는지 몰랐기에 매주 주말마다 취미로 배워왔던 플루트가 답이라고 생각했다. 이것을 전공으로 삼아보자는 생각에 처음으로 동아리도 나 스스로 선택하게 되었다. 하지만 이마저도 오래가지 못했다. 이미 다른 사람의 시선이 무서운 나였기에 무대를 서는 것도 쉽지 않았고 계속되는 긴장에 악기를 이어 부르기도 쉽지 않았다. 취미로는 좋았지만 반복되는 걱정에 자신도 없었다. 익숙해진 탓에 잘한다고, 좋아하는 것이라고 생각했을지도 모른다. 잘 해내야 한다는 생각이 부담으로 다가오기도 했다. 내가 무엇을 좋아했더라. 예전 기억을 떠올리다 보니 불현듯 학교 행사나 축제 때마다 친구들과 사진을 찍고 영상을 만들곤 했던 기억이 스쳐 갔다. 항상 "사진 잘 찍어. 영상도 잘 만들어"라는 이야기를 듣곤 했지만 자존감이 낮았기에 정말 잘하는 건지 잘할 수 있는 건지 파악하는 것부터가 어려웠다. 입시를 위해 학교를 알아보고 과를 알아보니 처음으로 사진과 함께하는 나의 미래가 그려졌다. 무언가를 하고 싶다는 마음도 그제야 배우게 된다. 비록 부모님의 반대로 관련된 학과로 진학은 못 했지만 나에 대해 돌아보고 생각해 볼 수 있는 계기가 되기도 했다.

"사회복지학과는 어때?" "너는 착하니까, 다른 사람들 도와주는 일도 잘할 것 같아" 주위에서는 나를 착하다고 했다. 원하는 학과로 갈 수 있는 상황도 아니었고 또 다른 하고 싶은 일을 찾지도 못했기에 그 말은 한 줄기의 빛 같았다. 다른 건 몰라도 다른 사람에 대한 배려, 봉사는 자신 있었다. 항상 내가 해왔던 거니까. 학교에 찾아온 다양한 대학의 입학처들. 제일 친한 친구가 간호학과를 가고 싶어 해서 따라간 입시설명회. 그곳에서 한 보건대학교의 '작업치료학과'에 대해서 듣게 되었다. 작업치료는 신체나 정신적인 장애를 가진 분들이 일상생활을 할 수 있도록 하는 재활 치료라고 한다. 설명을 듣고 생각해보니 사회복지학과와도 비슷한 것 같고 아무튼 치료사라고 하니 부모님도 좋아하셨다.

어쩌다 보니 친구와 같은 대학교에 지원하게 된 나의 모습이 스스로는 마음에 들지 않았다. 주위에서 말하는 나의 이미지에 맞춰가고 있었고 마음 한편에는 사진과 영상이라는 꿈이 있었던 때이니까. 머릿속에서는 '친구 따라 강남 간다.'라는 프레임이 생겨 맴돌기도 했다. 하지만 내가 할 수 있는 것은 없었다. 무엇을 찾고 도전할 용기도 없었던 것 같다. 무서웠다. 모두가 원하는 학과였고 직업이었고 실망시키기도 싫었다. 부모님도 나의 진로에 대해 고민이 많으신 듯 보였다. 나도 모르게 점집에 방문해 입시에 대해서 물어봤다고 하셨다.

"따님이 병원에서 일하겠네요. 놔두면 알아서 잘할 테니 터치하지 마세요." 그곳에서도 내가 병원에서 일할 거라고 하셨다고 한다. 치료사가 되어야 한다는 부담감이 점점 커졌고 나도 모르는 사이에 1순위는 보건대학교의 작업치료학과가 되었다. 면접 당일, 이상하게도 떨리지 않았다. 타인의 시선이 제일 무서웠기 때문에 당연히 긴장되리라 생각했는데 그만큼 준비를 해서였을까 두렵지 않았다. 의아했다. 나는 착한 사람이고 이 과에 꽤 잘 맞는 사람이라고 생각했나 보다. 오히려 남의 시선에 평가되는 순간이 더 좋지 않았다. 합격이었으면 하는 마음과 동시에 불합격이었으면 하는 마음도 있었다. 싱숭생숭했다.

합격 발표 전날에는 꿈도 꿨다. 엄청나게 크고 두꺼운 황금 구렁이가 에어컨 뒤에서 나오는 꿈. 복권을 사야 하나 했지만 별 대수롭지 않게 넘겼다. '그냥 좋은 일이 있으려나 보다.' 싶었다. 합격자 발표날, 우리 학교에서도 많은 친구가 그 대학교에 지원했는데 그 중 딱 2명만 합격을 했다. 그중에 한 명이 바로 나. 정해진 나의 길인 것 같아 받아들였다. 하지만 떨어졌더라면 핑계 삼아 사진이라는 꿈을 키워볼 수 있지 않았을까. 그렇게 치료사로서의 길을 걷게 되었다.

'나도 이제 어른이구나.' 치료사로서의 삶을 시작해야 하는데 너무 사람에 치여 살아서 그런지 잘할 수 있을까 걱정부터 앞섰다. 다른 사람의 삶을 잘 끌어갈 수 있을까, 그럴 자격이 될까. 완전히 새로운 환경에서 새로운 친구들을 만나야 하는 것마저도 걱정이었다. 다행히도 과가 과인만큼 성향이 비슷한 친구들이 많았고 학교가 타 지역이라 매일을 통학 왕복 5시간을 쏟아야 했지만 힘든 줄 모를 만큼 친구들이 좋았다. 중·고등학생 때와는 달리 매년 친구들이 바뀌는 게 아니라 졸업 때까지 이어지는 친구들이라 더 쉽게 마음의 문이 열렸던 것 같다. 심지어 모두가 공통된 목표를 가지고 있어서 고민하는 것도 비슷했고 통하는 것도 정말 많았다. 점점 학생이라는 틀에 대한 해방감이 생겼다. 스스로에 대한 규제, 사회에 대한 규제에서 서서히 자유로워졌다. 여유가 생겼던 걸까. 나라는 사람을 더욱 자연스럽게 보여줄 수 있었다. 그동안 짊어지고 있었던 사람에 대한 마음의 벽과 경계도 그렇게 허물어져 갔다.

"실습 1,000시간, 1학년 2학기 방학 때부터 나가야 합니다." 배움의 과정 중 일부였다. 대학생이지만 수강 신청이라는 것이 없었고 중·고등학교처럼 정해진 과정을 들으면 되었다. 방학 때는 실습을 나가야 했기에 방학다운 방학도 없었다. 마음에 사람에 대한 경계가 점점 사라지니까, 더 넓은 세상을 보고 싶었다. 이제는 수동적으로 나를 만드는 것보다 내가 나를 만들고 싶었다. 어떻게 보면 늦은 반항심 같은 게 생겼을지도 모른다.

1학년 첫 방학, 대학 생활 중 유일하게 자유로운 방학이다. 교수님께서 주신 방학 과제는 '해외여행 1번 혹은 국내여행 5번 다녀온 후 보고서 제출하기'였다. 20살 첫 여행을 과제라는 명분으로 다녀올 수 있다니, 과제를 듣자마자 친구들과 일본여행을 약속했다. 마냥 좋으면서도 한 편으로는 걱정이기도 했다. 그동안 남의 시선에 맞춰서 살아왔던 내가 좋아하는 사람들과 원하는 곳을 다녀올 수 있다는 것이 이상적이면서도 막막했다. 주도적이었던 경험이 많이 없었다. 좋아하는 사람들과 괜히 틀어지는 일이 생기진 않을까 괜한 걱정도 있었다. 그래도 더 넓은 세상을 당장 마주할 수 있다는 생각에 멈출 순 없었다. 친구들과 여행지를 정한 이후로는 그 여행지에 대한 공부, 준비를 정말 열심히 했다. 나뿐만 아니라 모두가 좋아했으면 하는 마음이 컸다. 생각했던 것보다 여행 준비는 끝이 없었다. 관광지는 물론이고 맛집부터 카페, 동선, 숙소, 날씨까지. 만일에 대한 걱정도 자연스럽게 따라와 결정하기까지도 쉽지 않았다. 반면에 재미도 있었다. "여기 전망대 가보고 싶었는데 너희는 어떻게 생각해?" 기준이 우리였으니까. 내가 가보고 싶었던 곳 친구가 가보고 싶었던 곳 먹고 싶었던 것을 서로 물어보고 또 물어봤다. 이야기를 나누며 친구가 아닌 나에 대해서도 나 역시 집중하고 알 수 있었다.

긴 준비를 끝내고 여행 하루 전, 일본에 태풍 소식이 들려왔다. 급하게 플랜B를 만들기도 했지만 막상 여행을 가보니 계획한 대로 이루어진 것은 그리 많지 않았다. 서로를 배려해서 완벽하게 짠 계획이지만 날씨와 같이 예상하지 못했던 일들로 틀어질 때도 있었다. 상황에 맞게 유동적으로 계획을 바꾸다 보니 이 역시 그리 중요하지 않음을 깨닫게 되었다.

"너무 맛있다! 너무 예뻐!" 내가 정한 여행지를 보고 친구들이 좋아해 줄 때의 성취감도 말로 설명할 수 없을 만큼 기쁘고 짜릿했다. 인정받은 듯했다. 자존감이라는 게 조금씩 생기는 것 같았다. 교수님이 왜 여행을 과제로 내주셨는지 이해가 되기도 했다. 사람을 만나야 하는 직업인만큼 함께하는 것에 대한 의미가 중요했던 것이 아닐까. 인간관계에 있어서 자신이 없었던 나지만 좋은 사람들을 만나고 나에 대해 물어봐주는 친구들 덕분에 조금씩 나에 대한 자신감이 생겨갔다.

치료사로서의 삶도 그리 어렵지 않을 거라고 생각했다. 나를 믿어주는 사람들이 주위에 있다는 게 정말 큰 힘이 되었다. 갇혀있는 스스로를 더 꺼내고 싶었다. 서점에 갈 때는 '자존감 수업' '자존감 높이는 법'과 같은 책을 찾아 읽기도 하고 해보고 싶었던 것 잘하는 것을 찾고 싶어서 무리해서라도 새로운 것을 도전해보려고 나름대로의 노력을 했다. 이후로는 여행이 좋아져 주말마다 국내 여행을 다니기도 했고 그렇게 새로운 사람을 만나는 것에도 조금씩 익숙해졌다. 그들이 살아온 이야기도 듣고, 공감도 하면서 이 시간 역시 나에게는 배움이었다. 그렇게 나는 '여행을 좋아하는 사람'이 되어가고 있었다. 내가 계획하고, 일정을 짜고 직접 경험도 해보고 이를 사진으로 기록까지 할 수 있다니. 그렇게 여행이라는 또 다른 꿈이 생기게 되었고 여행은 나에게 또 다른 의미였다.

대학 생활은 그야말로 실습의 굴레였다. 수업이 끝나면 방학마다 실습지마다 2달씩 돌아가면서 다녔고 대학병원부터 어린이집까지 그 범위도 정말 다양했다. 적응할 때가 되면 또 다른 케이스를 마주해야 했고 배워야 하는 게 너무나도 많아서 다른 것에 집중할 수가 없었다. 시험은 기본이었고 후에 국가고시도 쳐야 하니까 내가 하고 싶은 것을 찾거나 하기에는 한계가 있었다. 이제 막 나에 대해 궁금해지기 시작했지만 충분한 발전이라 생각했다. 그렇게 나는 졸업만을 기다렸다. 국가고시에 집중했다. 국시생인 나의 유일한 숨구멍은 졸업 후의 삶을 상상하는 것이었다. 새롭다는 것이 그동안에는 숙제였고 마음의 짐이었다면 여행이라는 재미를 알게 된 이후에는 모든 새로움이 설렘으로 다가왔다. 무엇을 배웠을 때의 성취감, 스스로 더욱더 단단해지는 그런 느낌. 따지고 보면 어렸을 때 첫째라는 이유로 정말 많은 것들을 경험해보고 도전을 해봤던 것도 영향이 되지 않았나 싶다.

긴 방황이 끝나고 24살, 졸업을 하고 국가고시까지 합격한 후에야 진짜 나에 대해 다시 집중할 수 있었다. 친구들은 졸업과 동시에 취업을 했다. 임상으로 나갔고 그렇게 경력을 쌓았다. 10대를 너무 눈치만 보면서 살았기에 나 또한 20대가 중요했고 소중했다. 병원에서 치료사로서만 살고 싶지 않았다. 많은 것을 해보고 싶었다. 졸업과 동시에 아르바이트를 시작했다. 내가 선택한 아르바이트는 서비스직이었다. 병원이라는 곳에서의 사람들이 아닌 조금 색다른 사람들을 마주하고 싶었다. 다양한 상황을 겪으며 그에 따른 대처법도 배우고 싶었다. 틀에 박힌 삶을 살고 싶지 않았다. 무섭기도 했지만 기대도 되었다. 남들이 경력을 쌓을 때 아르바이트를 선택한 것이 후회되진 않았다. 보다 자유로웠고 내가 선택한 삶이었으니까.

약 8개월 동안 아르바이트를 이어갈 수 있었던 이유는 바로 친구와 가기로 약속했던 유럽여행 때문이었다. 그때는 무모했고 두렵기도 했지만 이 또한 잘 다녀오고 싶었다. 목적이 있으니 돈도 쉽게 모을 수 있었다. 그렇게 나는 친구와 함께 한 달 동안 유럽으로 자유여행을 갈 수 있었다. 계획을 짜는 그 재미가, 막연했던 여행지를 내 눈으로 마주했을 때의 그 감정이 나를 계속해서 여행으로 부르는 듯했다. 낯선 공기, 익숙하지 않은 생활, 정해진 틀이 없는 경험이 좋았다. 그렇게 조금 더 넓은 세상을 마주하게 되었다. 영어를 잘하는 편이 아니었기에 언어의 장벽을 느낄 수밖에 없었다. 자연스럽게 그들의 표정과 행동에 집중했다. 어떤 속마음을 가지고 있는지는 모르지만 보이는 그대로를 눈에 담았다. 사람들은 즐거워 보였다. 카페에 앉아만 있어도 일을 하고 있어도 그 시간을 즐기고 있는 듯했다. 지금까지도 유럽하면 떠오르는 이미지가 하나 있다. 어디서든 누구든 삶의 만족도가 정말 높아 보였던 것이다.

한창 직업에 대한 고민이 큰 시기여서 그런지 사람들의 그런 모습이 제일 눈에 띄었나 보다. 나 역시 그러고 싶었다. 그들이 정말로 행복해 보였다. 더더욱 내가 좋아하는 일을 찾고 싶었다. 돌아와 여행이 좋다는 이유 하나로 공항, 여행사에서 일해보고 싶어 CRS(항공 예약 시스템)라는 자격증도 취득했다. 여행사에 합격도 했다. 좋아하는 것이, 하고 싶은 것이 있다는 게 이렇게 중요한 줄 알았다면 방황도 그리 길게 하지 않았을 것이다.

그동안 집중하지 못했던 나에 대해 집중했던 덕일까. 여행에 대한 갈망까지 해소하고 나니 치료사로서의 삶도 살아보고 싶었다. 사람이 무서웠던 내가 이제는 그분들의 이야기를 듣고 싶었고 어떤 삶을 살아왔는지 한 편으로는 궁금하기도 했다. 도움이 되고 싶었던 것도 컸다. 치료사로서의 시작은 공백도 있었고 실습 때와는 또 달랐기에 순탄하지만은 않았지만 역시나 잘 해내고, 잘하고 싶었다.

매일을 환자 파악과 적응에 급급해 치료에 관한 공부를 해야 했다. 주기적으로 하는 스터디에 책을 놓을 수도 없었다. 보이지 않는 책임감이라는 것이 상당했다. 친구들이 일하는 병원에는 스터디를 하지 않는 곳이 많았다. 오히려 내가 더 아는 게 많을 거라며 응원 아닌 응원을 해주었다. 이런 말 한마디가 치료사로서의 자존감을 만들어주기도 했다. 직업에 대한 자존감이 이런 것일까? 서서히 적응이 되니 스스로도 잘 하고 있는 것 같아 괜스레 뿌듯하기도 했다. 대화, 친밀감 형성이 중요했던 직업이었기 때문에 병원에서는 정말 하루 종일 이야기를 했다. 그러다 보니 퇴근 후에는 자연스럽게 방전이 되어 다른 일은 할 수가 없었다.

일에 대한 자존감과는 별개로 나는 또다시 나의 꿈에 대해서 희미해졌다. 어떻게 되찾은 나인데, 일과 나의 생활 모두 놓치고 싶지 않았다. 열심히 살고 싶었다. 연차도 쌓이고 뭐든 배울 수 있을 것 같았다. 이 전에 플루트와 같은 취미라는 것이 필요했다. 뭐가 되었든 배움이 필요했고 새로운 자극이 필요했고 이는 나를 움직였다. 처음에는 바리스타 학원을 등록해 병행했다. 유럽 다녀온 후 공백 기간 동안 따뒀던 바리스타 필기. 만료 2년 사이에 따야 한다고 하기에 급하게 다녔다. 일을 마치고 주에 2~3번 학원을 갔다. 귀가 시간은 항상 11시이기도 했다. 그래도 무언가를 배우고 자격증을 딴다는 것이 재밌게만 느껴졌다. 끊임없이 도전하는 모습에 주위에서는 열심히 산다고 한마디씩 해주기도 하는데 스스로의 만족이 커서인지 이제는 그런 타인의 시선이나 평가가 이제는 어렵지만은 않았다. 스스로가 많이 단단해졌음을, 그동안 너무 틀 안에 가둬두고 살았음을 다시 한 번 느끼게 되었다.

이를 시작으로 컴퓨터학원, 운동 등 퇴근 후에 시간을 아주 알차게 보냈다. 그러다 보니 점점 하고 싶은 것이 많아졌고 할 수 있는 것도 많아졌다. 치료사로서의 자존감이 높은 편이었다. 하지만 내가 하고 싶은 것이 분명했기에 이렇게 사는 것이 의미가 있을까 의구심이 드는 날 또한 많아졌다. 20대 나의 목표는 '30살이 되기 전에는 많은 경험을 겪어 보면서 나에게 맞는 것, 잘하는 것을 찾는 것'이었고 남들보다 늦어도 포기하고 싶지 않았다. 그렇게 나는 나를 살아보기로 했고 그렇게 퇴사를 결심하게 되었다. 생각의 정리가 필요했다.

두 번째 유럽여행을 계획하고 떠났다. 이제 와서 생각해보면 도피였던 것 같다. 이 시기에 코로나가 터졌다. 앞으로 자유롭게 여행을 하지 못한다는 좌절과 동시에 직전에 다녀왔으니 한동안은 열심히 살 수 있는 원동력이 되겠구나 싶었다. 해보고 싶었던 사진 그리고 영상과 관련된 마케팅회사로 이직 업종을 정했다. 열심히 구직사이트를 검색했다. 친구들은 이야기한다. "면접 보러 가면 제일 나이 많지 않아?" "이제는 어린 편이 아니라 새로운 것을 도전하기가 무서워" "이직하기엔 늦지 않았을까?" 어렸을 때부터 타인의 시선이 중요했던 나였기에 이제는 그런 시선과 걱정이 진절머리가 났다. 스스로가 많이 단단해졌나보다. 무섭지 않았고 오히려 자신 있었다. 내가 좋아하고 하고자 하는 게 확실했으니깐. 비전공자에 관련된 스펙도 그리

많지 않았기에 무모한 면도 있었다. 면접을 가면 쓴 말과 함께 현실을 마주할 때도 많았다. 포기하진 않았다. 당연했고 받아드릴 마음의 준비가 되어 있었다. 계속해서 이력서를 넣었다. 그렇게 '하고 싶었던 일'을 시작할 수 있었다.

그동안 일했던 분위기와 사뭇 달랐다. 병원은 사람을 만나는 일이었다면 이 마케팅 회사는 사무직과 같았다. 대부분 출장이라 회사에는 많은 사람이 자리하고 있진 않았다. 그래서인지 하루 중에 말하는 시간이 그리 많지 않았고 가끔 출장 갈 때 외에는 정적이었다. '내 할 일'만 하면 되는 구조였다. 처음에는 낯설면서도 재미있었다. 내가 생각했던 사진이나 영상들로 콘텐츠를 만드는 일이었으니까. 매일이 같았고 반복되었다. 이 전에는 매일 새로운 사람들과 환자들을 마주해야 했기에 하루를 예상하지 못했다면 지금은 하루가 예상이 되었다. 그래도 이렇게 막연했던 꿈을 마주한 내가 대단하다고 생각했다.

이는 그리 오래 가지 못했다. 유일한 낙이었던 여행도 마음대로 못 가고, 친구들도 자유롭게 만나지 못하니 급격하게 대화할 시간이 줄어들었다. 이 전에는 하루 종일 이야기를 했는데 이직 후에는 하루에 3마디만 하는 날도 있었다. 꿈과 현실의 괴리감을 느끼는 날도 있었다. 생각했던 것과는 또 달랐던 면이 분명 있었거든. 열심히 살았고 바쁘게 살았고 취미까지 병행해왔던 나의 앞에는 코로나라는 벽까지 있었다. 외출이 자유롭지 못하니 하루 일과는 일과 집이 전부였다. 반복되는 일상에 답답함과 무기력함까지 오게 되었다. 마음에 공허했고 우울했다. 그렇게 코로나 블루까지 마주하게 되었다. 너무 달렸던 탓일까, 쉼이라는 것이 필요했던 것일까 어색하면서도 혼자인 시간이 익숙한 듯 어려웠다. 초반에는 이런 모습을 티내기가 싫었다. 점점 억지로 웃고 괜찮은 척하는 내가 질렸다. 집에서도 말을 하기 싫었다. 퇴근 후에는 방에만 있었고 평일에는 기계처럼 출퇴근을 반복하기 일쑤였다. 부모님의 걱정도 나의 눈물도 점점 쌓여갔다.

오랜만에 친구와 통화를 했다. 위로가 필요했다. 친구들은 모두 병원에서 일하고 있으니 타격도 정신적으로도 영향이 컸다. "병원에서 아무 곳도 못 가게 해", "일주일에 세 번씩 코로나검사 하고 있어" "'친구들 만나고 싶다" 나보다 더욱 규제된 상황. 오히려 위로가 더 필요했다. 정신이 번쩍 들었다. 왜 나만 힘들다고 생각했을까. 다시 일어나고 싶었다. 재충전이 필요할 때마다 여행을 가곤 했는데 그럴 수가 없으니 대체재가 필요했다. 따지고 보면 나는 일과 여행의 밸런스가 중요했던 사람이었는데. 이제야 비로소 깨닫게 되었다.

여행과 관련된 대외활동들을 시작했다. 이 시국에 당당하게 여행할 수 있는 방법을 찾았다. 비록 국내이지만 여행이 주는 힘이 상당히 컸다. 일도 사무직이었기에 이런 대외활동을 병행하기에 무리가 없었다. 연차를 쓰는 날과 주말에는 취재를 핑계로 국내여행을 다녔다. 서서히 내가 원했던 일상생활로 돌아왔다. 사진과 여행에 대한 니즈를 꽤 충족할 수 있었고 일과 여행에 대한 밸런스도 되찾았다. 이제는 내면의 자존감이 꽤나 높아졌다고 볼 수 있지 않을까?

"폴 댄스 해볼래?" "같이 폴 댄스 하자!" 하루는 친구가 운동으로 폴 댄스를 배워보자고 했다. 외적인 자존감은 이런 내면의 자존감에 비해서 낮았기 때문에 시작하기까지도 쉽지가 않았다. 코로나 블루를 겪으면서 살도 많이 쪘고 더더욱 외모에 자신이 없었던 나인데 짧은 옷을 입고하는 운동이라니. 타인의 시선이 두려웠고 잘 해낼 자신도 없었다. '내가 해도 되는 운동일까?' 고민이 되기도 했다. 계속해서 할 수 있다는 친구의 격려와 새로운 도전을 좋아하는 나, 이제는 그런 두려움쯤은 잠깐이었다. 근육도 없고 손에 땀도 많아서 남들보다는 배우는 속도가 느렸지만 그래서인지 동작을 해낸다는 성취감이 대단했던 운동이었다. 멈출 수 없었다. 함께 배우는 사람들도 너무 좋았다. 사람이 고팠던 찰나에 폴 댄스라는 취미로 또 이렇게 좋은 사람들을 만날 수 있다는 것이 좋았다. 스스로가 너무 버거운 운동이었기에 절대 빠지지 않았다. 폴 프로필이라는 목표까지 세우고 더욱 꾸준히 다녔다. 결과적으로 9kg을 감량했다. 이제는 외적인 자존감도 어느 정도 극복한 것 같다.

어떻게 보면 공통점이라고는 찾을 수 없는 이 많은 취미와 배움이 삶을 살아가는 데 큰 영향을 주었다. 새로움을 받아드리는 마음이 사람을 단단하게 만들었다. 아직 사람을 만날 때에 두려움이 모두 극복된 것만은 아니기에 여전히 낯도 가린다. 그럼에도 지금의 나는 취미를 배우러 갔을 때 처음 보는 사람에게 말을 먼저 걸기도 하고, 또 다른 경험을 찾기도 한다. 마음속에서 두려움과 새로움이 차지하는 비중이 많이 바뀌었다.

무언가를 시작할 때, 도전할 때 따라오는 걱정이나 두려움은 그 누구도 배제하지 못한다. 타인의 시선이 무서웠고 나라는 벽이 있었다. 그렇게 세상이 적이 되었고 주위에 적도 많았다. 스스로에 대한 믿음이 없었다. 당연히 못 할 것이라고 생각했고 자격이 없었고 선택할 일이 없었다. 하지만 분명 나에게 질문하는 시간은 온다. '무엇이 하고 싶은지, 무엇을 좋아하는지'와 같은 아주 단순한 것에서부터 그런 시간이 온다. 누구나 고민은 한다. 어떻게 받아드리는가의 차이인 것 같다. 조금 더 나에게 집중하다 보니 그 답이 명확하게 있었다. 사실은 모두가 그 답을 안다. 피하지 않았으면 좋겠다. 주위에서 친구들이 진로에 대한 고민과 걱정을 많이 한다. 항상 얘기한다. "일단 하고 싶은 것 해봤으면 좋겠어." 해보고 싶었던 것이라도 실망할 수도 있고 관심이 없는데 재미있어질 수도 있으니까.

좋아하는 것과 하고 싶은 일이 있다는 것은 정말 중요하다. 배움으로 인해 나도 모르는 사이에 많이 단단해졌다. 겁이 사라진 건 아니다. 두려움이 있으며 걱정도 있다. 하지만 이로 인해 세상에 벽을 만들고 싶지 않다. 이제는 걸림돌이 되고 싶지도 않다. 해보지 않은 많은 것이 있으며 이 중에 또 무엇을 좋아하게 될지는 모르기 때문에 나는 끝없이 새로운 것을 도전해보려고 한다.

이런 나, 어쩌면 괜찮은 사람이지 않을까?

세상을 바꾸는 부드러운 힘, 방글라데시에서 만난 여성들

허진

허진   20대, 우연히 방글라데시라는 나라를 만나고 벵골어를 배우게 되었습니다. 30대,
      방글라데시 전통 의상 까미즈를 입고 릭샤를 타고 다카 대학교 캠퍼스를 누비게
      됩니다. 40대, 특별한 경험으로 세상을 다른 각도에서 볼 수 있게 해 준 사람들에
      게 다가가 좋은 친구가 되려 합니다. 방글라데시 여성들과 함께 새롭게 만들어 가
      는 나만의 '꿈꾸는 삶'은 이제 막 시작 되었습니다.

"방글라데시 대체 어디가 그렇게 매력적이에요?"

우연히 만난 한국 교민들은 나에게 묻는다. 하하,선전하고 다닌 것도 아닌데 발도 없는 나의 말은 어느새 천 리, 만 리를 갔나 보다. 치안, 날씨, 환경, 오랫동안 살아 본 사람들은 알겠지만 글쎄 이 모든 것들이 매력적으로 보이기엔 시간이 필요하고 인내가 필요하다. 사실 내게 있어 방글라데시는 매력적이 아니라 특별하다.

십 수 년 전, 벵골어 (방글라데시 국어) 도 전혀 못 하고 영어 회화에도 서툴던 그때, 현지 조사를 위해 방글라데시 수도 다카의 현지인 친구 집에서 홈스테이를 했다. 엄밀히 말하자면 일본 유학생회에서 만난 방글라데시 출신 친구의 삼촌 마수다룸 씨의 집이었다. 그 때의 2주간은 태어나서 처음으로 느낀 가슴 충만한 따뜻함이 있었다.

마수다룸 씨 집은 올드 다카라고 하는 구 시가지에 있었다. 구 시가지는 당장 무너져도 이상하지 않을 정도의 낡고 낡은 건물, 군데군데 녹슬어 아슬아슬해 보이는 육교, 그물처럼 얽혀 있는 전깃줄로 보기에도 불안 불안했다. 집 앞 골목을 나서면 큰 대로가 나온다. 이 도로에서는 승용차, 택시, 릭샤 등 모든 교통수단이 불협화음의 오케스트라를 연출한다. 신호등은 제대로 작동하지도 않고 차를 가까스로 피해 요리조리 무단횡단 하는 사람들로 가득하다. 버스가 달리는 내내 차 문은 닫지 않는다. 새까맣고 깡마른 남자 차장 아이는 버스 문에 매달려서 상반신을 버스 밖으로 내놓고 있다.

신체 한 부분 손상을 당 한 체 거리에서 구걸하는 사람들이 손을 내밀 때마다, 푹푹 찌는 날씨에 찡그린 얼굴을 할 때마다 마수다룸 씨 가족들은 TIB! (This is Bangladesh 이게 방글라데시야!) 라며 애교 석인 목소리로 나를 달래 주었다. 그동안 내가 살던 환경과 다른 열악한 환경에 짜증 나고 힘들어 하다가도 그 가족들의 TIB 한마디는 내 마음을 녹이기에 충분했다 .

그래, 여기는 방글라데시이니까.

마수다룸 씨의 도움으로 차를 빌리고 다카에서 3시간 떨어진 탕가일이라고 하는 소도시의 시골 마을을 찾았다. 로컬 NGO 소개로 찾아 간 곳인데 수도도 없고 밤이 되면 전기도 없는 우리나라 60년대 시골 분위기와 같은 말 그대로 깡촌이었다.

방글라데시의 대도시 빈민가나 시골에서는 없는 살림에 입을 하나 덜기 위한 방편 또는 외부로부터 딸을 보호하기 위한 이유로 성인이 되지 않은 딸을 시집을 보낸다. 그런데 그 연령이 법적 혼인 연령 18

세보다 훨씬 이른 경우가 많다. 그 결과 시어머니의 구박, 남편의 폭력에 견디다 못해 쫓겨나거나 성숙하지 못한 몸으로 출산을 하다 사망하기도 한다. 이렇듯 이른 결혼으로 인한 소녀들의 인권 문제가 심각한 사회 문제가 된 지 오래이다.

이런 소녀들을 위해 유니세프를 비롯한 국제기관 그리고 로컬 NGO에서는 좋은 교육 프로그램을 시행하고 있었는데 이러한 활동들이 얼마나 어린이 결혼을 낮추고 있는지 실제 소녀들을 만나 인터뷰하고 평가를 해 보는 것이 현지 조사의 주제였다. 그리하여 2주 동안 소녀들의 의식 향상을 위한 또래 그룹 활동에 참여하면서 100여 명의 소녀들을 만났고 그중 십 수명을 인터뷰했다. 여성의 지위가 낮다고 하는 보수적인 이슬람 문화권의 분위기도 한 몫 했겠지만 소녀들과 이야기를 나눌수록 문제의 저변에는 빈곤과 가난이 가장 큰 원인으로 자리 잡고 있다는 것을 느낄 수 있었다.

이러한 문제의식 느끼고 2주간의 현지 필드 후 다시 일본으로 귀국을 했다. 2주간 현지에서 느꼈던 벵골어에 대한 갈증을 계기로 귀국 후에는 벵골어 클래스에 참여하게 되었다. 7명 정도 참여한 클래스에는 방글라데시 관련 일을 하는 사람 국제결혼을 한 사람도 있었지만, 방글라데시가 그저 좋아서 방글라데시를 무려 7번이나 여행으로 다녀왔다고 하는 일본 청년도 있었다.

수요가 적은 탓에 수업비는 만만치 않은 수준이었는데 방글라데시 카레 똘까리가 좋아서 그곳 사람들이 좋다는 이유로 클래스에 참여하는 청년을 보고 방글라데시를 처음 방문했을 때의 충격 이상으로 문화 충격을 느꼈다. 그리고 이 클래스에서 벵골어를 배우고 방글라데시에서 사회적 기업을 운영한다는 기업가 야마구치라는 동갑내기 여성의 이야기도 듣게 되었다. 방글라데시에서 많이 나는 친환경 소재 쥬트 (마) 로 가방을 만들어 일본으로 수출, 일본에서 땅값 비싸기로 유명한 긴자에 매장도 열고 백화점에서도 판매를 하고 있었다. 20대 중반의 나이임에도 일본 방송국 유명 프로그램에도 출연하여 당시 꽤 유명한 사람인 듯했다. 그녀 이야기를 듣자 마자 그녀가 방글라데시를 배경으로 사회적 기업을 세우기까지의 좌충우돌을 주제로 쓴 저서를 모조리 샀다. 밤새워 읽었다. 그 때 처음으로 사회적 기업이라는 단어도 알게 되었다.

그래, 바로 이거야, 일단 방글라데시로 가자!

그리고 결심했다. 동갑내기 그녀가 해낸 일을 나라고 못 할 리가 없지! 현지 조사에서 만난 사춘기 소녀들을 떠올리며 그녀들을 위해 사회적 기업을 실천해 보고자 하는 생각이 들었다. 이런 결심으로 방글라데시에 관한 나의 관심은 가속화 되었다. 1년에 한 두번씩 필드를 오가던 내가 방글라데시에서 생활하게 된 것은 첫 방문 몇 년 후의 6월 4일, 그해 9월 염원의 미국 행을 손에 쥔 마수다룸 씨가 40대 중반, 심장마비로 갑작스럽게 운명을 달리한 것은 6월 6일의 일이다.

방글라데시에 도착하고 나서 가장 먼저 찾은 곳은 예전에 방글라데시를 방문할 때마다 그 가족들과 자주 거닐었던 마수다룸씨의 모교 다카 대학 캠퍼스였다. 그 곳에서 삼촌 마수다룸 박사를 기억해 냈다. 특별한 경험으로 세상을 좀 더 다른 각도에서 볼 수 있게 해 준 기회와 환경에 감사하며 나에게 따뜻한 마음을 준 사람들에게서 받은 사랑을 방글라데시들 소녀들에게 나누고자 다짐했다.

4년 만의 중국 광저우 공항. 착륙과 동시에 사나운 천둥소리와 함께 한차례의 소나기가 지나간다. 언제 비가 내렸냐는 듯이 높은 기온이 창 밖 공항 대로변 촉촉한 물기를 빨아들이는 속도는 거의 흡입 수준이다. 중국 항공 파일럿과 중국 공항은 흔히 일본에서 말하는 자기류인 것 같다. 이륙 전 인사도 없었고 착륙에 앞서 해당 국가의 시간이나 날씨에 관한 언급도 전혀 없었다. 뭐, 승객들 역시 별로 신경 쓰는 눈치도 아니었다. 방글라데시 다카 행 비행기를 갈아타기 위해서는 아직 7시간이나 남았는데 환승을 위한 로비에서는 환전도 되지 않고 카페는 특정 몇몇 국가 화폐로 지불이 가능하다는데 가격이 터무니없다.

하는 수 없이 환승을 위한 대기 의자에 앉아 노트북을 펼쳤다. 4년 전 방글라데시 시골 현지 필드에서 만난 여자아이들과의 사진 파일을 한 장 한 장 마우스로 딸깍딸깍 넘겨 보았다. 사진 속의 소녀들에게는 어린 몸으로 세상의 굴곡을 경험한 그늘은 전혀 보이지 않았다. 왜 립스틱을 바르지 않는지 내가 입은 옷과 들고 있는 가방에 유독 관심을 보이던 호기심 가득한 그 또래의 여자 어린이 딱 그 모습들이었다.

방글라에서는 흰 피부가 선망의 대상이라고 하는데 그녀들보다 조금 하얀 내 피부를 보고 그녀들은 순돌, 순돌, (예뻐요! 예뻐요!) 라고 난리였다. 훗날 나와 그녀들이 함께 찍은 사진을 보신 한국 부모님이 오목조목 입목 구비 뚜렷한 그녀들에 비해 내 얼굴은 펑퍼짐한 찐빵 같다고 놀리셨음에도 말이다.

4년 전 현지 조사를 계기로 방글라데시라는 나라를 알게 되고 소녀들을 만났다. 그리고 벵골어를 배우며 사회적 기업가 야마구치씨를 알게 되었다. 도미노처럼 이어지던 미지의 세계에 대한 호기심과 설렘, 도파민의 과도한 작용일지라도 나는 그때의 그 흥분을 아직도 기억한다. 그러나 환승 공항에서 여자 어린이들을 추억하며 웃음 짓는 것은 정말 낭만에 불과했다. 방글라데시에서 생활이란 것을 하면서 그 사회 이면을 알아 가기 시작했기 때문이다.

다카 도착 후, 얼마간은 각국 대사관 근처 게스트하우스에 머물렀다. 그러나 대학원 합격 후에는 대학가에서 하숙을 시작했다. 외국인들이 몰려 사는 치안 좋은 동네의 적당한 아파트를 빌려 살 수도 있었지만, 학생이라는 타이틀을 달고 있는 동안 만큼은 농도 깊은 현지 생활을 경험하고 싶어서였다. 20대 초반의 비교적 영어가 가능한 친구들이 있는 곳이라 지낼 만했지만 주변 환경이 문제였다.

동네 곳곳에 정체 모를 생활 쓰레기, 음식 쓰레기가 널려 있었다. 다람쥐만 한 크기의 쥐가 요리조리 빠른 걸음으로 먹다 버린 과자 봉지를 쫓고 있는 것을 목격하는 것은 일상이었다. 요리하러 주방을 들어서면 두 손가락 두 마디로 합쳐 놓은 크기의 바퀴벌레가 불쑥불쑥

나타나 놀래 켰다. 매일 밤에는 모기 파티가 계속되었다.

도착 후 딱 일주일이 지났을 무렵이다. 딱딱한 침대, 탁한 공기, 원인을 알 수 없는 냄새, 몇 번의 방문으로 머리로는 모든 것을 각오하고 알고 있었지만 내 몸은 아직 이 환경에 적응이 덜 되었나 보다. 어깨가 결리고 목이 뻐근한 게 그저 피곤한 탓이라고 생각하고 있었다. 어느 날 몸이 너무도 무거워서 샤워하고 잠이 들었는데 꽤 끙끙 대었나 보다. 같은 하숙집 여학생 이팟이 내 머리를 짚어보더니,

"언니, 몸이 불덩이야!"

소리쳤다. 그러더니 바로 세숫대야와 타올을 준비했다. 물을 여러 번 바꿔가며 내 머리부터 발가락까지 젖은 타올로 닦기 시작했다. 미용실에서 샴푸를 받는 자세처럼 침대 끝부분에 내 머리를 뉘더니 찬물을 부었다. 이런 정성과 간호는 전쟁 영화에서 다친 병사를 위해 간호사들이 하는 것을 본 것 외에는 처음이다. 이 과정을 여러차례 했더니 열도 내리고 몸도 가벼워지고 기분이 좋아졌다. 그녀의 정성 때문인지 푹 자고 그 다음 날 일찍 일어나 학교에도 갈 수 있었다.

이런 일들을 계기로 같은 하숙집의 네다섯 여대생들과 같이 요리도 하고 더욱 가까워 졌다. 특히 나를 지극 정성으로 간호해 주었던 밝고 다정하고 세련된 유머를 구사하던 이팟은 밤마다 내 방에 와서 본인이 좋아하는 인도 출신 연예인 이야기이며 수다를 떨곤 했다.

여대생들과 웃고 떠들며 현지 생활에 적응해 가는 동안 방글라데시는 더워도 너무 더운 날들이 계속되었다. 이곳 사람들은 매년 돌아오는 무더위에 익숙해졌을 법도 한데 사람은 역시나 망각의 동물인

걸까? 매년 올해가 가장 덥다고 한다. 그리고 이 지독한 더위 속에 나에게는 미완의 문제가 있었다. 다카 대학원에 시험을 치르고 합격 수업을 들은 지가 반년이 지났는데 합격 후 신청한 학생비자가 나오지 않은 것이었다.

학교에 가면 친구들의 인사는 거의 같았다. 왜 이리 말라 가냐고. 그것도 그럴 것이 비자 문제로 고민하는 사이 7kg 정도의 체중이 빠져 버렸다. 몇 번이나 학생 비자를 신청했던 사무실을 방문했건만 기다리라는 늘 같은 답변과 함께 돌아왔다. 이런 나를 하숙집 이웃집에 살던 숍나 아주머니가 보고 급기야 동네 이슬람 사원 모스크에서 후줄을 불러왔다.

운명은 스스로 개척하는 것이라고 점성술 같은 것을 별로 신뢰하지 않았다. 불교의 스님, 기독교의 신부님, 가톨릭 교회의 신부님처럼 이슬람 국가인 방글라데시 동네 신전 모스크에는 후줄이라고 하는 종교 지도자가 있다고 한다. 신을 섬기고 신과 소통하는 사람이란다. 숍나 아주머니는 어려운 일이 있을 때마다 이 후줄을 집으로 부른다고 했다.

후줄은 나에게 물이 담긴 대야와 여분의 흰 종이를 준비하라고 하더니 그 위에 내 이름을 쓰라고 했다. 학교 수업 인류학 과목에서 인류학자들이 다른 문화의 일상생활에 들어가 가까이에서 관찰하며 상세히 기록하고 설명하는 현장 연구 방법 에스노 그라피에 한창 관심을 가진 터라 이런 현지인들의 삶의 모습은 또 한 번의 호기심을 주었다. 후줄은 자기 손과 내 손 사이에 백지의 종이를 넣더니 이슬람

신 알라에게 비자 문제에 관해 이야기 하기 시작했다. 그리고 나는 더 듬더듬 벵골어로 후줄을 따라 말했다. 그러고 나서 후줄은 그 종이를 대야에 넣었다. 이게 왠 일이래? 깜짝 놀랐다. 거짓말 같이 젖은 종이 위에 물고기 모양의 형상이 떠올랐다.

이 물고기 모양에 대한 후줄의 해석인 즉 슨 나를 질투하는 나의 성공을 빌지 않는? 적이 있다고 했다. 처음부터 끝까지 옆에서 지켜 보던 숍나 아주머니는 떠오르는 사람이 없는지 잘 생각해 보라고 했다. 하지만 인생의 변변한 성과 없이 나이만 먹어가는 나를 질투할 사람이 어디 있겠냐며 체념 한 듯이 후줄이 시키는 대로 그 대야의 물을 한 컵을 들이켰고 (들이켰다, 정말), 그 종이를 불로 태웠다. 그리고 후줄은 부적 비슷한 것을 하나 써 주면서 내 방의 좋은 곳에 두라고 했다.

후줄이 다녀가고도 그냥 앉아서 비자를 기다릴 수만은 없었다. 비자 발행을 담당하는 방글라데시 정부청사 외교부 이민국까지 찾아갔다. 정부 청사 보안 요원과 각 담당 직원들과 긴 시간 실랑이를 벌이기도 했지만 결국은 비자를 최종 승인 하는 책임자 방까지 가게 되었다. 그간의 상황을 설명하는데 닭 똥 같은 눈물이 흘렀다. 먹지도 자지도 못했던 몇 개월 동안의 마음고생이 한 꺼 번에 밀려왔기 때문이다. 따뜻한 홍차 한 잔을 내어 주시면서 그간의 내 이야기를 조용히 차분히 들어 주시던 이민국 국장님은

"우리나라를 위해 좋은 일을 하고 싶어 하는 거 같은데 어려움이 많았네요. 비자는 걱정하지 마시고 앞으로도 계속 힘써 주시기를 바

랍니다."

국장님이 내선 전화로 어디에 지시하는 듯 했다. 한 직원이 내가 비자를 신청할 때 제출하던 신청서와 서류를 찾아서 들고 왔다. 국장님은 서류를 검토하더니 방글라데시 정부 이민국 스탬프를 '탁' 하고 찍는 동시에 사인을 했다. 불법 체류자가 될지도 모른다는 불안으로 불면증에 시달리던 어제까지의 나는 없었다는 듯 비자는 그날 그 자리에서 바로 승인되었다. 믿거나 말거나 그 미신적인 행위가 있고 나서 정말 딱 일주일만의 일이었다. 또 한 번의 TIB (This is Bangladesh 이게 방글라데시야!) 를 찐하게 경험하는 순간이었다.

여대생의 이상한 아르바이트

비자 문제를 해결하고 나니 더 이상 뭐가 두려 울 것이 있냐 싶을 정도로 현지 생활에 적극적이 되었다. 방글라데시의 경우 단거리를 이동에 자주 이용하는 인력거인 릭샤, 천연 가스로 움직이는 꼬마 택시 등 버스 외 대중교통 수단은 거의 홍정을 거쳐 요금을 결정하게 되는데 처음에는 이 가격 홍정이라는 게 피곤하고 싫어서 작열하는 태양 아래 그냥 걸어 다니기도 했다. 그런데 이젠 나도 어느새 이 홍정이라는 것을 즐기게 되었다. 가끔 터무니없는 요구에 화가 나면 평소에 잘 되지도 않던 벵골어가 술술 나오기도 하여 회화 실력도 굉장히 향상 되었다. 그러던 어느 날 핸드폰을 울리는 문자 메시지.

언니, 오늘 저녁에 시간 있어?

　하숙집에 들어간 지 두 달 정도 되었을 때 새 하숙집을 구했다고 나간 이팟이었다. 한동안 보지 못해서 잘 지내나 궁금해하던 찰나에 온 연락이라 전화를 바로 걸었다. 후줄 이야기며 학생 비자 이야기며 그간의 에피소드를 이야기하고 웃었다. 전화를 끊을 때가 되어 이팟은 한 가지 제안을 했다. 방글라데시와 이탈리아를 오가며 의류 비즈니스를 하는 사촌 오빠가 있는데 그와 같이 한국 식당에서 저녁을 먹자는 것이었다. 동아시아에서 온 이방인인 나와 이야기를 하고 싶다는 것이 이유였다. 이팟도 궁금했고 한동안 먹지 못한 한국 음식이 그리웠는데 잘 되었다 싶어 약속 장소로 향했다. 몇 개월 만에 먹어 보는 한국 음식은 꿀맛 같았고 나는 체면이고 뭐고 정신없이 먹었다.

　불고기와 잡채 등 한 상 차려진 음식 후 다과를 먹는데 그녀가 갑자기 걸려온 전화를 받으러 밖으로 나갔다. 이팟이 비운 자리에 어색함을 느낀 나는 그 사촌 오빠라는 사람과 이런저런 이야기를 주고받다가 그녀의 어린 시절 등 가족 이야기를 물었다. 그러자 그가 난처한 듯이 이야기를 꺼냈다. 그녀가 하는 일을 알게 되었다. 그녀는 대학을 다니면서 또래의 여대생을 남성들에게 소개 해주는 일을 하고 있었다. 그 일을 하면서 용돈이라 하기엔 그리고 방글라데시 물가 수준을 고려 할 때는 엄청난 액수의 돈을 받고 있었다.

　순간 가슴이 '쿵' 내 귀를 의심했다. 장난기와 부끄럼이 동시에 느껴지는 동그랗고 귀여운 눈, 심지어 대학에서 법학 교육 받는 방글라데시에서는 엘리트라 할 수 있는 이팟, 그리고 지극히 보수적인 이슬람 국가에서 일어나고 있는 충격적인 일, 순간 여러 가지 장면이 겹치면서 혼란스러웠다. 그러나 그런 혼란도 아주 잠시 나는 화장실을 간다고 그 자리를 일어났다. 다카 중심가에 있던 한국 식당을 나왔다. 저녁 8시가 조금 넘은 시간 치안이 좋지 않은 방글라데시에서 외국인 여자가 그것도 혼자 택시를 탄다는 것은 아주 위험한 일이다. 그러나 뒤도 돌아보지 않고 일단 택시를 잡았다. 그리고 따라따리 따라따리 (빨리! 빨리!) 라고 기사 아저씨에게 외치며 30분 거리의 대학가인 하숙 집으로 부리나케 돌아왔다. 상황을 어느 정도 제어 할 수 있는 한국이나 일본이었다면 그 자리에서 화를 내 거나 소리를 치거나 했을지 모른다. 하지만 생존에 대한 본능이었을까? 먼저 피해야 하겠다는 생각이 들었다. 결국 그 날밤 여러 번 올리던 그녀의 전화는 받지 않았고 그 다음 날 하숙집에 찾아온 그녀를 만났다. 그 날은 지금껏 살아 오면서 분출하지 못했던 분노를 다 끌어왔다고 해도 과언이 아닐 정도로 화를 내었다.

"이.런.일.을 할 정도로 돈이 왜 필요한 거지?"

토끼 눈을 하고 '이런 일' 에 특히 힘을 주어 말했다.

"학교 다니고 생활할 정도는 고향에서 부모님이 충분히 보내 준다고 하지 않았어?"

"나 돈 모아서 영국 로스쿨로 유학 갈 거야"

"그럼 다른 일을 찾아보는 게 어때? 중고생들 과외 지도라던지"

"그 돈으로 입에 풀칠이나 가능하다고 생각해? 그리고 언니가 외국인이라 잘 모르나 본데 다카 생활이 그렇게 만만한 줄 알아? 노트북도 사야 하고 화장품도 사야 하고 옷을 사기 위해서는 돈이 필요해."

"노트북은 그렇다고 쳐, 그런데 옷이나 화장품이 이런 일을 할 정도로 필요한 거니?"

이팟은 내 눈을 피하면서 단호하게 이야기했다

"우린 삶의 방식이 다를 뿐인 거야. 그건 언니 생각이고 언니 삶일 뿐이고 이건 내 생각과 내 삶이 뿐이니 언니가 아니면 그만이지 나를 가르칠 생각으로 나에게 언니 생각과 삶을 강요하지는 마"

이팟의 딱딱 끊어지던 영국식 영어 악센트가 내 마음도 콕콕 찌르는 듯했다. 그녀와 그렇게 한바탕 언쟁이 있고 난 후 방글라데시를 떠나게 된 그 후 7년까지 두 번 다시 그녀를 만날 수가 없었다. 좀 더 어린 나이에 그런 일을 겪었더라면 당장 귀국을 생각 할 수도 있었겠지만 30대가 되고 겪은 일이라 소위 만감이 교차했다. 이팟은 내가 방글라데시에서 생활하게 되면서 처음으로 가까워진 친구이다. 내가 아플 때 그렇게 정성스럽게 간호해 주던 귀엽고 똘똘하던 이팟이었다. 여동생 같은 아이의 비밀스러운 사생활에 머리가 복잡해졌다. 그리고 10살 가깝게 차이 나는 막내 동생 같은 아이를 보호하지 못하고 있다는 자책감, 가난하고 보수적인 국가의 음지에서 일어나고 있는 일들에 회의가 느껴지기 시작했다. 결국 나는 그 충격으로 하숙집을 바로 나와 혼자 아파트에서 자취를 시작했다.

사춘기 어린이들을 대상으로 현지 조사를 해 오다가 막상 현지 생활을 하면서 알게 된 것은 어린이 결혼이라고 하는 수면으로 드러난 사회 고질적인 문제도 문제이지만 교육을 충분히 받고도 음지에서 이팟과 같은 아르바이트를 하는 여대생들이 꽤 있다는 것이다.

봉제 공장의 강한 엄마 루미씨

이팟과의 일로 당분간 현지 생활에 마음의 거리를 두었을 무렵이었다. 대학원을 다니면서 회사 일을 돕지 않겠냐는 지인의 제안이 있었다. 방글라데시에 있는 한국계 섬유 기업에서 일을 하게 되었다. 현지 공장에서 의류를 제조하여 한국 일본 유럽으로 수출하는 기업이라 업무상 몇 곳의 현지 봉제 공장을 방문 할 기회가 있었다. 그리고 재킷을 주로 생산하던 공장 봉제 라인에서 일하던 루미 씨와 처음 만났다.

루미 씨가 일하는 곳은 외국인이 경영하던 공장이었는데 나이가 지긋한 공장장에게 들은 이야기로는 방글라데시 봉제 산업은 배우지 못한 여성들에게 일자리를 제공했다고 한다. 그리고 경제력과 함께 가정에서도 늘 소외되었던 여성들이 떳떳하게 목 소리를 낼 수 있게 만들었다고 한다. 공장을 처음 방문했을 당시 방글라데시 정권 교체기로 선거가 얼마 남지 않은 시기였다. 이 어수선한 틈을 타 공장 노조는 경영자를 상대로 임금협상 대립을 하고 있던 상태였다. 그 때 인상적인 장면을 목격했다.

남성 공원들은 협상이 끝날 때까지 공장으로 돌아오지 않았다. 그러나 여성 공원들은 공장을 벗어난 것도 잠시 점심시간이 지나자 묵묵히 재봉틀로 돌아와 각자의 일을 하기 시작했다. 꼿꼿한 자세에 재봉틀 바늘에 원단을 들이대는 속도가 유독 빠르던 여성이 눈에 띄어 말을 걸어 보았다. 집에는 아픈 부모님이 있고 곧 대학 진학을 앞둔 공부 잘하는 장녀가 있다고 한다. 자신은 일을 멈출 수가 없다고 했다. 이번 달 월급은 가족들의 생존과 직결되어 있다고 하던 루미 씨의 눈빛은 너무도 강렬했다.

그동안 내가 알고 있던 방글라데시 여성의 이미지는 온실 속의 화초와 같았다. 방글라데시 여성들의 삶이란 자신이 처한 환경에 100% 기대어 의존하는 삶이었다. 가령 결혼을 하더라도 배우자와 사별 이혼 등으로 배우자의 그늘에 있지 못하게 되면 그녀들은 친정아버지나 남자 형제들 소위 보호자라고 할 만한 사람 밑으로 다시 들어가야만 했다. 많은 여성이 혼자가 될까 느끼는 불안과 공포와 처절하게 싸우면서 하루하루 가정 폭력을 견디면서 생활했다.

그런데 20년 전부터 일까? 남한과 북한을 합한 국토 2/3 크기에 1억 6천만의 인구와 낮은 인건비로 봉제 산업에 좋은 환경인 방글라데시에 외국 자본이 유입되었다. 그 자본으로 수출을 위한 봉제 공장 많이 설립되었다. 집에만 있던 여성들이 봉제 공장에 취업하고 경제 활동을 시작하는 계기가 되었다.

루미 씨의 경우 어린이 결혼은 아니었지만 딱 18세가 되든 해 결혼을 했고 여러 직업을 전전하던 남편에 어려운 살림에 딸만 줄줄이 낳게 되자, 남편이 다른 여자를 만나기 시작했다고 한다. 남편의 외도, 잦은 폭력, 결국 세 딸을 데리고 친정으로 쫓겨났다고 한다.

" 막내가 걷지도 못하고 젖도 떼지 못한 상태에, 애들 줄줄이 데리고 친정을 갔어, 근데 부모님은 나 결혼 시킬 때 진 빚을 여전히 갚지도 못하고 어린 동생들과 함께 근근이 생활하고 있었어. 그때 친정 부모님의 냉랭한 눈빛을 잊을 수가 없어."

그때부터 구박이 시작되었다고 한다. 이러지도 저러지도 못하고 하루하루 정신적인 고통 속에 힘들게 살아가던 중 새로 지어진 동네의 봉제 공장에서 공원을 모집 한다는 소식을 들었다. 새벽부터 공장 앞에 줄을 서서 면접을 보았고 그때부터 공원으로서 일을 시작하게 되었다.

업무상 루미 씨가 일하는 공장을 자주 드나들었고 나를 만날 때마다 그녀는 큰 소리로 인사했다. 몇 번의 인사가 오가다 우리는 친해졌다. 그녀가 일하는 재봉틀 옆으로 가서 이런저런 이야기를 하다 오곤 했는데 만날 때마다 나이 서른이 넘어 결혼도 하지 않고 왜 이렇게 시간을 낭비하고 있냐며 애정 어린 잔소리를 하던 루미 씨였다. 그리고 어느 방글라데시 겨울, 그녀의 초대로 그녀의 집을 방문하게 되었다.

" 마담, 우리 사는 거 봐봐. 이렇게 심플하게 살아 "

방글라데시에 온 이후 여러 번 난민촌, 빈민촌을 방문한 터라 현지인 집을 방문하는 일이 그리 특별한 일이 아니었다. 그러나 한국 늦가을 정도 기온의 방글라데시 겨울이건만 난방 시설 없이 한기 가득한 작은 방에 5명의 가족이 지낸다고 생각하니 마음이 쓰였다. 군더더기 없는 검소 하디 검소한 살림이건만 그 집에서 제일 좋은 그릇을 꺼내고 방글라데시 사람들이 추운 날 주로 먹는 쌀로 만든 스낵을 내어 온다. 방글라데시 사람들의 손님 대접은 언제나 정성스럽다. 그 집에서 가장 좋은 그릇에 그들이 낼 수 있는 가장 좋은 음식을 내어 온다.

매월 집 주인에게 3만 원 정도의 돈을 내고 방을 빌려 셋방살이를 하는 루미 씨의 방 한구석엔 재봉틀 하나가 덩 그러니 놓여 있었다. 그리고 그 옆엔 옷감이 쌓여 있다. 웬 재봉틀이냐 물었더니 월급 몇 년을 모아서 중고 재봉틀을 하나 샀다고 한다. 그리고 이웃 사람들의 부탁으로 옷 수선 부업을 시작했는데 생각보다 수입이 괜찮다고 한다. 좀 더 일감이 늘어나면 공장을 그만두고 전업으로 동네의 시장 상가를 한 쪽을 빌려 자신만의 비즈니스를 시작할 생각이다. 자신은 초등학교 밖에 겨우 졸업하지 못했지만, 공부 잘 하는 딸들은 대학까지 공부시키는 게 그녀의 꿈이라고 했다.

개발도상국 여성들의 역량강화를 위해 국제원조 기관과 NGO 활동이 큰 효과를 낸 것도 사실이지만 역량강화 란 것이 밖에서 주어지는 것은 아니다. 그렇다고 해서 아무 근본도 없는 맨땅에 만들어질 수 있는 것도 아닐 것이다. 루미 씨와 같이 살길이 막막하던 절박한 상황의 여성에게 봉제 공장은 인생의 구세주와 같았다. 당장 며칠을 견뎌 보라고 건네는 자선이 아닌 자립을 위한 환경과 기회를 제공하는 것이 얼마나 중요한지 루미 씨를 보면서 느낄 수 있었다.

가방 끈 길던 내가 방글라데시에서 또 한 번의 학생 생활을 시작했다. 그리고 우연한 기회에 사회생활이란 걸 시작했다. 발길이 닿는 곳마다 그곳에는 방글라데시 여성들과의 특별한 만남이 있었다. 녹록치 않은 환경 속에서도 구김살 없이 웃던 사춘기의 소녀들, 이상한 아르바이트를 할 수밖에 없다던 엘리트 여대생, 자신의 환경 속에서 자신이 가진 것으로 조금씩 나아가고 있는 루미 씨와 같은 여성들과 만남은 나에게 큰 의미를 주었다. 루미씨와 같이 봉제 공장에서 일하는 여성도 어린이 결혼으로 고통받는 시골 소녀도 엘리트 여대생의 이상한 아르바이트도 결국 그 이면에는 경제적인 문제가 자리 잡고 있었다. 한 사람이 인생을 살아가는 데 두 다리로 굳건히 서서 자기 손으로 밥벌이를 한다는 것이 어떤 의미인지 피부로 확연히 느낄 수 있는 경험이 되었다.

느긋한 마음으로 혼돈을 즐겨라.
삶은 불안정하다. 이것은 삶이 자유롭다는 의미이다.
삶이 안정적이라 함은 곧 그대가 그 속에 구속되어 있다는 의미이다.
모든 것이 확실하다는 것은 거기에 자유가 없다는 의미이다.
 - 오쇼 라즈니쉬

  많이 걷고 생각했던 시절에 썼던 일기를 보면 당시 만나는 것들에 촘촘하게 신경을 많이 썼구나 하는 생각이 든다. 그리고 어딘가에 집중하는 순간에는 불안이 사라진다. 다른 무엇을 할 때보다 시간으로부터 자유로워진다. 방글라데시에 있던 지난 시간은 환경적으로는 참 불안정했다. 동시에 나는 자유로웠다. 그리고 매일 생각했다. 방글라데시 나는 왜 이곳에 있는가? 그리고 적지도 않은 나이에 왜 이곳이 다른 선택보다 우선순위가 되었을까? 처음엔 방글라데시를 보면 나 자신을 보는 것 같았다. 뭔가 하고 싶은 마음과 열정은 뒤지지 않지만, 방법적인 면에서 서툴고 느리고 말이다.

우연한 기회에 방글라데시 소녀들을 만났다. 그리고 그녀들을 위해 뭔가 좋은 일을 하고 싶다는 막연한 생각으로 방글라데시를 향했다. 그렇지만 사실 나는 방글라데시에서 큰 선물을 받았다. 스스로를 발견하게 된 것이다. 방글라데시에서 살기 시작하면서 비본질적인 것들 때문에 힘들어 하지도 않게 되었고 차이를 인정하게 되었다. 포기하지 않고 더 할 수 없다고 할 만큼 최선을 다하면 정말 할 수 있다는 것 그리고 내가 하지 않으면 안 되는 것이 있다는 것은 내 삶을 얼마나 풍요롭게 하는가? 또 얼마나 내 삶에 집중 할 수 있게 하는가?

방글라데시에 관한 한국어 서적은 거의 없는 편이다. 오래전에 방글라데시에서 생활하신 선교사님이 쓰신 책을 보면 방글라데시는 진정한 친구가 필요하다고 하다고 했다. 나는 몇 년을 두고 그 진정한 친구가 되는 방법에 대해 고민했다.

어느 날 읽고 있던 책에 불교 용어로 줄탁동시라는 말이 있었다. 의미를 찾아보니, 병아리가 알을 깨고 나올 때 혼자 껍데기를 깨고 나오는 게 아니라고 한다. 병아리가 여린 부리로 껍데기의 안쪽을 조다가 힘에 부치면 그 순간을 포착해 어미 닭이 바깥에서 도와 껍데기를 잘 쪼아준다고 한다. 하나의 알이 깨지는 데에도 안과 밖에서 같이 쪼지 않으면 새로운 세상은 만들어지지 않는다는 당연한 그 말에 설레기 시작했다. 방글라데시 여성들에게 좋은 친구가 되는 방법도 부화 과정의 어미 닭 역할과 비슷하지 않을까 하고 생각했다. 물자 공급, 교육 지원 등 모든 것을 거저 주는 친구가 아니라 기량을 마음껏 펼칠 수 있게 기회를 주는 친구, 때로는 부드러운 충고로 어루만져 줄 수 있는 친구, 긴 여정을 포기하지 않도록 함께 갈 수 있는 친구 말이다.

봉제 공장에서 만난 여성들의 단단하고 우직한 삶의 태도를 보며 그들이 진정으로 필요로 하는 요구에 다가갈 수록 나 역시 내 삶에 가졌던 의문도 하나씩 해소해 간다는 생각이 들었다. 앞으로도 개발 도상국의 여성 인권 신장과 같은 거대하고 거창한 일이 아니더라도 사회 문화적으로 소외된 사람들이 새로운 꿈을 꾸고 자립할 기회가 많아질 수 있도록 응원해 가고 싶다. 세계 처음으로 수여국에서 공여국이 된 한국 출신의 여성으로 국제협력전문가가 되기를 기대한 은사님의 기대를 저버렸다. 대신 개발 도상국의 필드를 한 단계 한 단계 경험하며 그곳에서 만난 여성들과 친구가 되어 사회적 기업을 하는 꿈을 키워 가는 중이다. 오래 전 한 여대를 방문했을 때 학교 홍보 문구였던지 세상을 바꾸는 부드러운 힘이라는 주제의 포스터가 학교 곳곳에 붙어 있었던 기억이 있다.

'세상을 바꾸는 부드러운 힘'

당시 대학생이었던 나에게 이 말은 꽤 인상적이었다. 이런 분야에 관심을 가지게 된 것도 거슬러 생각해 보면 그때의 강한 느낌 과도

관계되어 있는 것 같다. 따뜻하고 부드러우면서도 자신이 있는 곳에서 자신이 할 수 있는 것으로 세상을 조금씩 바꾸어 가는 힘, 이것은 유명한 정치가라고 해서 화려한 배경의 학자라고 해서 할 수 있는 일은 아닐 테다. 나는 앞으로도 꿈들을 현실 세계로 끌어 들일 수 그런 일들을 하고 싶다. 나의 가방 속에는 아직 이루지 못한 많은 꿈이 남아 있다. 서두르지 말고 천천히 그러나 쉬지는 말고 나아가자.

사랑한다는 것은

한윤슬

한윤슬　긍정의 힘을 믿는 사람이다. 눈물이 많고 여린 감성을 가지고 있다. 사람에게 다가
가기를 두려워하지는 않지만, 친해지기 어렵다. 마음의 문을 여는데 시간이 걸린다.
현재 회사를 12년째 다니고 있는 회사원이다. 틈틈이 일탈을 꿈꾼다.

2015년 8월 18일 저녁 9시쯤 가족들과 식사를 하고 행복한 마음으로 집으로 향했다. 남편이 현관문을 열고 다급하게 소리를 쳤다.

"들어오지마!"

순간 나는 문 앞에서 얼어붙었다. 이유도 없이 눈물이 쏟아졌다.

"은비가 숨을 안 쉬어"라는 남편 말에 어떠한 말도 하지 못하고 발만 동 동 굴렀다.

눈이 내리던 2008년 2월 김포공항 화물터미널을 통해 '꼬똥 드 툴레아'라는 작은 여자 강아지를 분양받았다. 머리털 색깔은 시추와 같았고, 몸통은 말티즈처럼 새하얗다. 추운 날씨에 비행기 화물칸을 타고 홀로 서울로 온 강아지는 너무나 씩씩하게 내게 천사처럼 왔다. 반가운 마음에 이동장을 열고 조심스럽게 강아지를 꺼냈다. 멀미하지는 않았는지, 화물칸에서 힘들지는 않았는지 염려되는 일이 한가득하였다. 배변판에 볼일도 보고, 토한 흔적은 없으나 불안한지 추운지 온몸을 떨었다. 은비를 점퍼 안쪽으로 넣었다. 지퍼를 올리니 그 안에서 꼼지락거린다. 어느새 목 쪽으로 올라오더니 점퍼 밖으로 얼굴을 내민다. 이런 천사가 또 있을까? 내가 잘 키울 수 있을까? 수많은 생각들을 하면서 집에 도착했다.

점퍼 안에서 숨어있던 작은 아이를 조심스럽게 꺼내놓았다. 어리둥절한 표정을 하더니 집안 곳곳을 누빈다. 조그마한 발로 여기저기 신나게 다닌다. 조그마한 눈으로 신기한 듯 쳐다보며 냄새를 맡는다. 살아도 되는 곳인지를 한참 확인하더니 배를 깔고 뒷다리를 11자로 쭉 뺀다. 그렇게 엎드린 상태로 나를 쳐다본다. 이름을 조심스레 불러보았다.

"아가, 너의 이름은 은비야. 은비"

갸우뚱하며 다시 쳐다본다. 다시 조심스럽게 이름을 불렀다.

"은비야"

이름을 알아들은 것이 분명하다. 그렇게 나의 곁에, 우리 가족 곁에 조그맣고 사랑스러운 천사 2007년 12월 26일생 은비가 왔다. 가르쳐주지 않았는데도 배변판 이용에 능숙했다. '엄마'라고도 말을 하는 똑똑한 개였다. 누구나 본인의 강아지가 천재라고 하지만, 분명 은비는 천재였다.

2주에 한 번씩 예방접종 때문에 동물병원을 가야 했다. 병원에 가면 주사를 맞지도 않았는데 엄살을 떤다. 눈에는 눈물이 그렁그렁해서는 의사 선생님 눈치를 본다. 진료가 끝나고 병원을 나올 때는 엉덩이를 씰룩거리며 토끼처럼 폴짝 뛰면서 집으로 향한다. 그런 모습을 보며 나도 모르게 웃는다.

하루는 몸이 너무나 아파서 아무것도 할 수 없어 침대에 누워있었다. 은비는 총총거리며 뛰어와서는 내 어깨에 기대어 체온을 나누었다. 작은 생명체는 온 힘을 다해 체온을 나누고 위로를 전하고 있었다. 사람이 전하는 위로와는 다르다. 말이 통하지 않지만, 체온과 마음으로 위로가 전해졌다. 마음이 따뜻해졌다.

아이들은 학교와 학원으로, 나와 남편은 직장 일로 집에 늦게 들어오는 날이 많아졌다. 하루 24시간 중 12시간은 은비 혼자 있게 되었다. 은비에게 미안한 마음이 들었다. 강아지를 키우는 초보 가족이라 고민했지만 두려움 없이 한 마리를 더 데려오기로 했다.

2008년 8월에 남자아이 '까비'를 가족으로 맞이했다. 배추 도사 무도사가 생각나는 이름이었다. 작명보다 어려운 일은 은비와의 합사였다. 은비 집 울타리 안에 까비를 조심스레 넣어두었다. 은비가 매우 바빠졌다. 장난감들과 방석을 한쪽에 모아두고 그 위를 등산하듯이 오른다. 그 상태로 까비가 무엇을 하는지 감시를 한다. 마치 '모두 다 내 것이야! 건들지 마!'라며 무언의 압박을 하는 듯했다.

까비는 여기저기 냄새를 맡고 돌아다니다 은비 앞에 풀썩 주저앉았다. 뒷발을 쭉 펴서 핑크 젤리 발바닥을 보이며 엎드리더니 잔다. 가족들은 낯가림 없이 금방 적응하는 까비를 보며 은비가 텃세를 부리지 않기를 기도했다. 2008년 6월 10일생 까비도 가족이 되었다.

은비와 까비는 성향이 매우 다르다. 은비는 매우 예민해서 집과 동네가 아닌 곳에서는 절대 배변 활동을 하지 않는다. 심지어 물도 마시

지 않는다. 미용을 하는 날에는 마음에 들지 않는 듯 벽을 보고 누워
있다. 애타게 이름을 불러도 쳐다보지도 않는다. 까비는 주사를 맞든
미용을 하든 무엇을 해도 괜찮다. 낯설어하지도 않는다.

은비는 집에서만 대장이다. 알고 보면 까비가 배려해주는 것이다.
간식이나 사료를 먹을 때 은비를 먼저 먹게 하고 나중에 먹는다. 낯선
강아지들이 은비에게 다가오면 은비는 소스라치게 놀라 나의 다리
사이로 숨거나 까비 뒤로 숨는다. 그런 은비 앞에는 까비가 더는 다가
오지 말라며 낮은 짖음으로 으르렁거린다. 눈이 내리는 길은 까비가
먼저 걷고 까비 발자국 위로 까비가 걸어간다. 남자가 여자를 위해 차
문을 열어주거나 의자를 빼주는 신사적인 모습을 까비는 은비를 위
해서만 보여준다. 참 멋진 강아지다.

은비가 8살 되던 해 2015년 여름 강원도로 여행을 갔다. 평소에는
다른 강아지들을 불편해하는 은비로 인해 일반 펜션을 예약한다, 그
해에는 펜션을 예약하기가 무척이나 어려웠다. 예약사이트에서 이곳
저곳을 알아보다가 수영장이 있는 애견펜션을 예약했다.

강원도로 향하는 길은 늘 즐겁다. 차 창문을 열어두면 은비와 까비
는 창문틀에 턱을 괸다. 차 속도가 만들어내는 바람을 가르며 공기의
냄새를 맡는다. 도착해서 짐을 내려놓으니 비가 부슬부슬 내리기 시
작했다. 강아지들과 수영을 하면서 1시간쯤 놀았다. 놀고 나니 슬슬
배가 고프기 시작했다. 강아지들 먼저 사료와 물을 준비했다. 은비와
까비는 허겁지겁 먹기 시작했다. 천천히 먹을 생각이 없는 듯했다. 강
아지들이 밥을 먹는 동안 가족들과 고기 구울 준비를 했다.

비가 그치지 않아 펜션 외부에 마련된 그릴은 사용하기 어려워 난감했다. 펜션 사장님이 파라솔을 가지고 와서 별일 아니라는 듯이 설치해주고 가셨다. 고기를 굽고, 위스키와 함께 저녁을 먹었다. 배를 채우고 숙소로 올라와 잠을 자려고 준비했다. '웩' 은비가 맑은 물을 토해냈다. 은비는 장시간 차로 이동하면 멀미를 한다.

"멀미가 이번에는 오래 가네"

나는 대수롭지 않게 생각하며 누워있는 은비의 배를 쓰다듬었다. 별 걱정 없이 밤을 보냈다.

눈을 뜨니 은비가 또다시 맑은 물을 토해냈다. 혹시 아픈 것은 아닌지 걱정이 되었다. 우리는 집으로 출발하기로 했다. 바닷가 해안도로를 따라 집에 가기로 했다. 창문을 열자 짭조름한 바다 내음이 코끝에 일렁인다. 은비가 차 창문에 턱을 괴고 바다 내음을 맡기 시작했다. 기분이 좋아진 것 같아 잠시 바다에 들렀다. 부슬비가 내려 감기라도 걸리지 않을까 걱정되었지만, 은비가 좋아하니 다 같이 모래사장을 걸었다. 은비가 활짝 웃는다. 가족들은 아픈게 아니라서 다행이라며 바닷가를 한참 걸었다.

모래사장 산책을 마치고 집으로 향했다. 고속도로 휴게소에 쉬다 가기를 반복하며 은비의 상태를 살폈다. 휴게소의 잔디의 냄새를 맡고, 물도 마시는 모습을 보니 가족들 모두 한시름 놓았다.

집에 도착한 가족들은 은비와 까비가 잠시 쉬도록 저녁을 바깥에서 먹기로 했다. 집 근처 쌈밥집으로 향했다. 밥을 먹으면서 남편과 나는 반주도 한잔했다. 은비와 까비 수영한 이야기, 은비가 멀미한 이야기, 모래사장 산책한 이야기 강원도에서 있었던 일들을 이야기하며 식사를 마쳤다. 식당을 나오자 근처 슈퍼에서 소시지 5개를 샀다. 자주 가는 카센터 강아지에게 줄 선물이다. 대형견을 키우고 싶어 했던 우리 가족들은 동네 카센터 말라뮤트 장군이에게 일주일에 한 번씩은 들른다. 카센터 입구에 도착하자 장군이는 육중한 몸을 격렬하게 흔들며 반긴다. 반갑다고 경중경중하면 160cm인 내 키를 훌쩍 넘어선다. 소시지 5개로 장군이와 카센터 공간을 뛰어다녔다.

저녁 9시경 가족들은 집으로 향했다. 은비와 까비도 배가 고프겠다며 앞다투어 집으로 뛰어갔다. 남편이 일 등으로 도착했다. 비밀번호를 누르는 남편 뒤로 가족들이 줄을 섰다. 현관문을 열자 남편이 멈칫거렸다. 우리에게 들어오지 말고 잠시 기다리라고 한다. '왜'라는 물음과 함께 현관으로 들어섰다.

"들어오지마!"

다급한 남편의 목소리에 가족들은 모두 문 앞에서 얼어붙었다. 갑자기 눈물을 쏟아내기 시작했다. 은비가 숨을 쉬지 않는다는 믿기지 않는 남편의 말에 어떠한 말도 할 수 없었다. 예정되지도 않은, 예견되지도 않은 이별이 눈앞에 펼쳐있었다.

놀란 마음도 잠시 은비의 죽음을 목격한 까비가 걱정되기 시작했다.

"까비는?"

눈물을 훔치며 신발을 벗고 집안으로 들어섰다. 남편은 눈을 뜨고 있던 은비의 눈을 감겨주었다. 그리고는 은비가 좋아하던 이불로 덮어 두었다. 까비는 그 모습을 바라보며 은비 옆을 지키고 있었다.

나는 까비에게 손을 내밀었다. 그러자 웅얼거림과 함께 내 품으로 쏙하고 들어왔다. 마치 내게 '왜 이제야 왔냐'라고 하는 것 같았다. 얼마나 두려웠을까 무거운 돌이 가슴을 짓누르는 것처럼 아팠다. 어찌할 수 없는 상황을 그저 지켜보기만 했을 까비였다.

슬픔도 잠시였다. 장례를 어떻게 해야 하는지 확인해야 했다. 인터넷과 주변 지인들 도움으로 여기저기 알아보았다. 근처 장례식장을 결정하고 대형택시를 불렀다. 은비와 까비를 각자 케이지에 넣었다. 장례식장으로 이동하는 40여 분 동안 우리는 아무 말이 없었다. 그저 차장 밖의 어둠을 바라보며 눈물을 훔치기만 했다.

장례식장에 도착하자 직원이 은비의 케이지를 받아 들었다. 장례식장 안에는 은비보다 먼저 무지개다리를 건넌 아이가 화장되고 있었다. 앞에 앉아있는 견주의 눈에서는 하염없이 눈물이 흐르고 있었다.

나는 눈물이 나지 않았다. 눈물이 나지 않은 것이 아니라 실감이 안 났다는 표현이 더 적절했다. 남편은 장례 절차에 대해 논의했다. 수의는 어떤 것을 입힐 것인지, 입관 절차는 어떻게 하는지 등에 대해서 상세하게 묻고 결정했다. 직원이 나에게 장례 절차와 비용에 관해서 다시 설명했지만 무슨 말을 했는지 기억조차 나지 않았다. 직원의 목소리는 허공으로 흩어졌다.

잠시 기다리라는 말에 까비를 케이지에서 꺼내고 로비에 앉아있었다. 다른 견주의 흐느끼는 목소리가 들리자 나의 몸이 떨리기 시작했다. 까비를 힘껏 안았다. 그러자 눈물이 주르륵 흘렀다. 얼마의 시간이 흐르고 직원은 은비와 인사해야 할 시간이라고 했다. 은비의 죽음을 마주하는 순간이었다. 직원이 안내한 곳에는 수의를 입은 은비는 잠자고 있는 것처럼 평온하게 누워있었다.

"인사할까?"

떨리는 목소리로 가족들에게 이야기했다. 가족들은 혼자 있게 한 미안함을 전했다. 먹고 싶어 하던 간식을 더 주지 못한 마음과 더 좋은 곳을 같이 여행하지 못한 후회를 전했다. 우리 가족으로 온 것에 감사하며, 다시 만날 것을 약속했다. 가족들은 엉엉 울었다.

까비는 울고 있는 가족들의 얼굴을 핥아주었다. 가족의 눈물을 핥던 까비가 은비를 물끄러미 한참을 쳐다본다. 까비는 어떤 마음일까? 마지막 인사를 하는 것일까? 까비의 동그랗고 까만 눈에 눈물이 흘렀다. 그리고는 이내 고개를 돌렸다. 한참을 내 겨드랑이 사이에 얼굴을 묻고 있었다. 그리고 은비는 화장장으로 이동했다.

우리는 한 줌이 되어 버린 은비를 가슴에 품고 칠흑 같은 어둠이 내려앉은 길을 슬픔을 삼키며 집으로 돌아왔다.

다음날 나무 화분을 샀다. 흙과 함께 은비의 유골을 넣어 화분을 만들었다. '은비 나무'라고 이름을 써넣었다. 그리고는 햇빛과 바람이 잘 드는 베란다에 두었다.

가족들은 무심결에 '은비야! 까비야!'라고 부른다. 습관이라는 게 참 무섭다. 은비의 부재가 익숙해지지 않는 탓일 것이다. 은비를 부르면 까비는 은비를 찾아다닌다. 까비도 아직 익숙해지지 않는 것 같다. 가족들은 당분간은 이름을 부르지 말아야겠다고 했다.

은비를 보내고 일주일쯤 무렵부터 까비의 하울링이 시작되었다.

'끼이잉'거리던 작은 하울링은 점점 늑대 울음으로 변했다. 사료도 잘 먹지 않고 산책하러 나가도 바로 집으로 향한다. 사람으로 비교하자면 의욕이 없어진 것 같다.

공원이라도 데리고 가면 은비와 비슷한 모습의 강아지를 만나면 쫓아간다. 그리고는 냄새를 맡고 은비가 아님을 확인되면 그 강아지에게 화를 낸다.

하루는 아랫 층 주민의 전화를 받았다. 강아지 울음소리가 너무 크다는 것이었다. 나는 죄송하다는 사과밖에는 할 말이 없었다. 그러고는 길고 큰 한숨을 내쉬었다. 내가 사랑하는 가족이지만 같이 사는 주민들에게 더는 피해를 줄 수 없었다.

가족들과 논의 끝에 혼자 있는 시간을 최소화하기로 했다. 오후에 출근하는 내가 오후 4시까지, 아이들이 학원가기 전 저녁 6시까지, 남편이 저녁 8시에 퇴근하면 24시간 중 2시간만 까비가 혼자 있게 된다. 그렇게 시간을 쪼개어 까비를 돌보기로 했다. 그리고, 집안에 캠을 설치하기로 했다. 캠으로 이야기를 할 수 있어서 혼자 있는 시간에는 까비와 캠으로 대화를 하기로 했다.

가족들은 모임에 가지도 않고 까비에게 최선을 다했다. 하지만 시간이 지나도 도저히 해결되지 않았다. 늑대 울음소리처럼 구슬픈 까비 하울링은 점점 더 심해져 갔다. 너무나 사랑스러운 가족이지만 같이 사는 주민들에게 너무 미안한 일이었다.

병원의 도움을 받기로 하고 캠에 녹화된 영상과 함께 까비의 증상들을 이야기했다. 한참 이야기를 들으시고는 강아지도 우울증이 있을 수 있다고 했다. 은비와의 유대관계가 너무 좋았던 터라 은비의 부재가 수긍되지 않는 것이라고 했다. 안정제 먹는 것을 권유하셨다. 처방을 받고 돌아오는 날 우리는 이사를 하기로 했다.

이사하면서 은비와 함께 쓰던 물건들을 모두 버렸다. 까비가 사용해야 하는 물건은 새것으로 준비했다. 은비와 같이 앉아있던 소파, 함께 누워 뒹굴던 침대, 바꿀 수 있는 모든 것들을 바꿨다.

은비 사망 처리를 했다. 사망 처리는 의외로 간단했다. 동물등록을 담당하는 구청 부서로 전화를 하니 공무원은 언제 폐사했냐고 물었다. 2015년 8월 18일에 무지개다리를 건넜고 화장을 했다고 하자 폐사 처리하겠다는 답변을 들었다. 죽음은 의외로 간단했다.

이사한 곳 주변에는 공원이 많아 산책을 자주 했다. 가족들과의 시간이 많아지자 까비는 조금씩 안정되고 있었다. 하울링이 없어지지는 않았지만, 큰소리를 내지는 않았다.

안정되고 있는 까비에게 친구가 필요할 것 같아 공원 내 반려견 놀이터를 찾았다. 놀이터에 들어서자 크고 작은 강아지들이 우르르 몰려와 반갑다고 연신 꼬리를 흔들며 까비 냄새를 맡는다. 까비는 꼬리를 배 안쪽으로 말아 넣고 슬금슬금 강아지들을 피했다.

"까비야! 놀자고 그러는 거야"

안심을 시켰지만 다가오는 강아지가 싫은 듯 낮은 소리로 으르렁거렸다. 강아지는 그런 까비 곁을 떠났다. 자기들끼리 놀이터를 신나게 뛰어다녔다. 저렇게 강아지들과 놀면 얼마나 좋을까 아쉬운 마음이 들었다. 까비에게는 시간이 더 필요한 것 같다.

친구 만들기는 포기하고 집으로 돌아오는 길에 풀. 꽃. 나무 냄새를 맡게 했다. 기분이 좋아진 까비의 꼬리는 하늘로 향했다.

가족들은 까비와 낯선 곳에서 시간을 보내기로 했다. 담양, 통영, 여수, 부산, 포항, 정선으로 이동하는 여행을 떠났다. 대나무 숲, 벽화 마을, 바다, 산 등을 목적지마다 이동하며 까비와 함께 자연에서 시간을 보냈다. 여행을 하면서 사람도 강아지도 모두 행복해했다.

은비가 무지개다리를 건넌 지 1년째 되는 날 2016년 8월 18일 은비가 좋아하던 육포와 간식들과 소주 한잔을 은비 나무에 올려두고 잘 지내고 있다는 인사를 건넸다. 까비의 안정제 처방은 다시는 필요 없게 되었다. 우리는 매년 8월 18일이 되면 간식과 소주 한잔을 나무에 올려둔다. 우리 가족만의 행사가 되었다.

우리는 직장, 학교, 까비와 공원 산책, 병원에 가기, 여행 가기, 캠핑 가기 등 무엇 하나 특별한 것 없는 평범한 일상 속을 살았다. 그렇게 3년이 흐른 2019년 2월 어느 날 까비가 가구 모서리에 부딪히는 일이 생겼다. 부딪힐 수도 있다고 생각했지만, 의심의 눈초리로 3일간 지켜보았다. 3일 내내 계속 부딪히는 것은 문제가 있는 것이다. 놀란 마음으로 병원을 방문했다.

까비가 자주 가는 병원에서 안과 전문의에게 진료받기를 권유하셨다. 무슨 문제가 있는지 물어봤지만 정확한 진단이 필요하니 하루라도 빨리 가보라며 안과 전문의를 소개해주셨다.

심장이 '쿵'하고 내려앉았다. 까비에게 분명 무슨 일이 생긴 것이다. 불안감이 엄습해와 잠을 잘 수 없었다.

연차를 내고 동작구에 있는 병원을 찾아갔다. 간단한 검사를 마치자 전문 장비를 통한 심층 확인이 필요하다고 하셨다. 장비가 있는 병원으로 예약해주시며 주말에는 본인이 진료하니 걱정하지 말라고 하셨다.

 예약 당일 걱정되는 마음으로 검사 병원을 찾았다. 검사는 1시간 넘게 진행되었다. 잠을 재우고 눈의 반응을 기록하는 검사였다. 검사가 종료되고 30분쯤 지나 면담이 이뤄졌다.

 진단명은 급성 후천성 망막 변성증(SARDS)이라 하셨다. 물체가 망막으로 투시가 되지 않는 증상으로 앞이 보이지 않는다는 것이다. 치료는 불가능하다고 하셨다. 지난번 간단한 검사 시 한쪽 눈의 반응이 감지되어 치료할 수 있는지 확인했으나 양쪽 눈 모두 실명이라고 하셨다.

 눈물이 '툭'하고 떨어졌다. 어떻게 해야 할지 모르겠다. 앞이 보이지 않는다는 게 얼마나 답답한 일인가? 어떻게 해야 할지 모르겠다고 했다. 의사 선생님은 후각과 청각이 발달해 보이지 않는 게 불편할 수는 있지만 생활하는 데에는 큰 어려움은 없다고 말씀하셨다.

 눈이 보이지 않으면 머리를 계속 부딪히게 되고, 낯선 곳에 가면 불안해질 텐데 어떻게 해야 하는지 물었다. 가구 모서리에는 스펀지를 부착하고 엔젤링을 착용하면 불안감이 조금 내려갈 것이라고 했다. 엔젤링은 강아지 몸에 조끼처럼 착용하면 머리 위쪽으로 링이 있어 사물에 링이 닿아 장애물이 있음을 알려주는 역할을 하는 것이다. 시각장애인의 지팡이와 같은 역할을 한다고 하셨다. 주의사항을 듣고 엔젤링까지 맞춤 주문 후 집에 돌아왔다. 까비는 2019년 4월 급성 후천성 망막 변성증(SARDS) 진단을 받아 눈이 보이지 않게 되었다.

앞이 보이지 않아 활동 반경이 줄고 급격히 살이 찌기 시작했다. 6kg이었던 몸무게가 8kg까지 늘었다.

우리는 소파와 침대를 버리고 낮은 토퍼로 교체했다. 까비가 익숙한 구조 그대로 두기 위해 최소로 구조를 바꿨다. 까비를 만질 때는 코에 먼저 손을 데고 냄새로 확인하게 했다. 앞이 안 보이는 강아지는 예고 없이 만지게 되면 두려워하기 때문이다.

까비가 눈이 보이지 않게 되자 산책 때 만나는 낯선 사람들이 안타까워한다. 안타까워하는 마음은 너무나 잘 안다. 하지만, 행복하지 않은 것은 아니기에 우리 아이는 괜찮다고 이야기한다. 까비의 눈이 보이지 않는다는 슬픔도 잠시 그렇게 적응하고 익숙해져 가고 있었다.

앞이 보이지 않게 되자 후각이 발달하기 시작했다. 눈이 보일 때 보다 더 발달해서 민감하게 반응한다. 베란다에 내어놓은 사과 상자를 뜯어 사과를 꺼내 먹는 경지에 도달했다.

청각은 발달 되는 듯하더니 점점 둔화하였다. 큰 소리로 이야기하지 않으면 듣지를 못한다. 노령견이 되어 가는 과정이라고 한다. 강아지가 늙는다는 것은 사람과 별반 다르지 않다. 다만 사람의 시간과 흐름이 다를 뿐이다. 내가 살아가는 시간의 흐름보다 강아지는 빠른 시간의 흐름을 가지고 있다.

노령견을 키우다 보면 병원 갈 일이 점점 더 많아진다. 생각지 않았던 병원비 지출도 늘어나기 시작한다. 경제적 책임도 늘어나는 것이다. 어느 날 아이들이 학원 안 다니고 독서실 다니며 스스로 공부하겠다며 학원을 줄이겠다고 한다. 학원 가기 싫어서 그런가 했다. 왜 그런 생각을 하게 되었는지 물었다. 아이들은 눈물을 뚝뚝 흘린다. 그러면서도 나의 질문에 대답했다.

"어머니. 할머니가 눈이 안 보이고 아프면 우리가 돌봐야 하잖아요. 까비는 할아버지고 눈까지 안 보이는데 병원 가야 하잖아요. 나는 아직 어려서 돈을 못 벌어요. 그런데 내가 학원비를 덜 쓰면 까비는 더 좋은 병원에 갈 수 있잖아요"

말없이 아이들을 안아 주었다. 나누고 함께하며 사랑한다는 것이 얼마나 큰 책임이 있는 일인지 아이들은 이미 알고 있었다. 너무 감사한 일이다.

걱정하지 않아도 된다고 했다. 더 많이 사랑해주자고 하니 고개를 끄덕거린다. 아이들은 틈만 나면 집에 들러 까비와 놀고 학원을 간다. 친구들과 놀고 텐데 10분이라도 보고 나간다. 남편도 집 앞을 지나갈 일이 있으면 집에 들러 까비를 살핀다. 가족들은 까비에게 시간을 내어주는 것이 아니라 마음을 나누고 있다.

2021년 6월 15살이 된 까비는 여전히 앞이 보이지 않는다. 소리도 잘 듣지 못한다. 심장약, 만성 췌장염약, 고혈압약, 알레르기약 등 다양한 약을 처방받고 있다. 6개월에 한 번씩 건강검진을 해야 한다. 검버섯이 올라오고 피부는 건조하다. 상처가 나면 잘 아물지 않는다. 관절염에 디스크까지 있다. 24시간 중 20시간을 잔다. 가족들이 집에

와도 누워서 가족을 맞이한다. 치매 초기 증상으로 공간지각능력이 떨어지고 있다. 배변판 옆에 실수한다. 화장실 문을 못 찾아 새벽에는 벽을 쳐다보고 있다. 치매가 심해지면 서클링을 할 것이고, 배변 실수도 실수가 아니라 당연한 일이 될 것이다. 그래도, 그런데도 여전히 사랑스러운 막내다.

  우리는 은비처럼 준비되지 않은 이별 다시는 하고 싶지 않다. 그래서 이별을 준비하고 매일 최선을 다해서 사랑한다. 까비가 무지개다리를 건너는 날 우리는 우리 집 막내로 와줘서 고맙고 행복했다고 이야기해 주고 싶다.

  그런 우리에게 까비는 당신의 가족으로 살아서 행복했다고 답해줬으면 좋겠다.

동그라미를 그리자, 그것도 사랑을 담아서

김다은

김다은 이제 겨우 20대 중반이 된 여대생. 선택한 일은 미친 듯이 달려들어 성과를 내는 '성공 지향적' 인간이지만, 지금은 여유를 즐기는 연습을 하고 있다. 인생 계획이 한 번 어긋난 뒤로 남들 하는 평범한 것은 다 해보고 싶어 한다. 특히 교복 입고 분식 먹기, 야자시간에 떠들기, 교수님 몰래 친구와 점심 메뉴 고르기와 같이 '그 시절에만 할 수 있는 것들'을 가장 좋아한다.

흰 종이에 점을 찍고 그 점을 중심으로 일정 거리만큼 떨어진 지점들을 쭉 연결하다 보면 그려지는 원. 그게 각자가 평생 그려가는 삶이라고 생각해보자. 세상에 맞닿고, 걸쳐지는 원은 있어도 정확히 겹치는 원은 없다. 아무리 이해하고 공감해도 사람들은 각자의 동그라미가 있고, 그 동그라미 안에서만 삶을 경험하니까. 그래서 모든 사람은 자신의 동그라미가 가장 특별하고 또 애틋하다. 나도 당연히, '예쁜' 원을 원했다. 어쩌면 집착했다. 적당히 매끄럽게, 그리다 엇나가지 않는 원이기를 바랐다.

중등도 우울 에피소드

"이미 우울증 맞으세요. 약 드셔야 해요. 상담만으론 안 되고, 원하시면 연결해 드릴게요."

번아웃과 트라우마로 재발한 '중등도 우울 에피소드', 아주 깔끔하게 정리된 내 상태였다. 하지만 고작 단어 하나로 설명하기에는 그 과정이 참 길다.

가장 즐기면서 살아야 한다는 대학 생활. 매번 최선을 다해 살겠다는 말을 버릇처럼 하며 경주마처럼 달린 최근 몇 년이었다. 강의실에서 반쯤 눈을 감은 채로 아이스 아메리카노를 들이켜는 내게 친구가 잔소리해댔다. 직장인은 퇴근이라도 있지, 너는 어떻게 24시간 무언가를 쳐내면서 살아갈 생각을 하느냐고. 한편으로는 듣기 좋았다. 미쳤다고 할 정도로 열심히 사는 스스로가 참 대단하다 싶었으니까. 너는 아마 4년을 쉬지 않고 달려 졸업할 거라는 말에는 끄덕이며 맞장구쳤다. 나도 내 성격을 아니까. 그런데 웃긴 건 그때의 나는 '미친놈' 캐릭터에 심취했고, '독종' 타이틀에 갇혀있었다는 거다. 2020년 2학기가 마무리될 때쯤, 3박 4일 동안 책상에 엎드려 하루 30분씩만 자는 짓거리를 반복했다. 어느 순간 욕실에서 멀쩡히 서 있다가 머리가 핑 돌아 비틀거리는 나를 발견했다. 지금까지 나를 너무 혹사했구나. 참으로 빨리도 깨달은 순간이었다. 미래를 위해 탄탄한 뿌리를 내리니 어쩌니 하던 게 결국은 나를 심어버릴 구덩이를 파는 일임을. 그러고는 종강을 하자마자 덜컥, 다음 학기 휴학을 결정했다.

고생한 나에게 주는 선물이자 휴식이었던 1년간의 휴학. 뭘 배우고, 즐길지 계획하며 1월을 반쯤 보냈을까. 낮잠을 즐기다 받은 전화 한 통. 그리고 그 전화로 제의받은 한 청년단체의 대표 자리. 대규모 행사를 기획하는 이 단체에서 11년 만에 '최연소, 최초의 여성 대표' 타이틀이라니. 그 무게가 부담스러웠다. 그러면서도 심장에서 명치까지 온 가슴이 뛰고 입꼬리가 씰룩거렸다. 작년의 행사가 팬데믹이 주는 데미지를 직격탄으로 맞은 상황에서, 올해 단체를 이끌 수 있는 사람이 나밖에 생각나지 않더라는 말이 잠들기 전까지도 맴돌았다. 그렇게 쉽겠다고 마음먹은 2021년이 시작부터 난관에 부딪혔다.

2주간 반복되는 설득과 단체에 대한 애정, 스스로 욕심을 못 이겨 수락한 게 1월의 마지막 날이었다. 이후 올해의 모든 계획을 짜고, 넘치는 패기로 실장단 모집을 시작했다. 단체의 핵심 인원이자 각 실의 대표, 올 한해 최종 결과물을 함께 만들어갈 사람. 더 정확하게 말하면 나의 결정을 믿고 따라줄 든든한 팔로워이자 지원군을 찾는 일이었다. 그래서 작년 대표는 '믿을 수 있는 내 사람을 데려오면 최고, 나와 잘 맞는 사람을 찾는 게 최선'이라고 조언했다. 일이 힘들어도 사람이 좋으면 버틸 수 있고, 일이 편안해도 사람이 안 맞으면 힘들다는 말에 백 번 공감하는 나였기에 더더욱 정성을 쏟았다. 완벽한 팀이 꾸려지기까지 신중에 신중을 기하겠노라 다짐했다.

다가온 모집 공고 마감 당일, 메일함이 조용했다. 간간이 들어오는 지원서는 대체로 엉망이었다. 끝도 없이 새로 고침을 눌러댔으나 큰 반전은 없었다. 완벽은커녕 하나의 팀으로 큰 프로젝트를 간신히 수행이나 할는지 걱정됐다. 한숨을 쉬며 지원서 파일을 하나씩 열어보기 시작했다. 황금 같은 성비를 너무도 원했으나 지원자는 전부 여성. 슬슬 손에 땀이 나고 머리에 열이 확 오르면서 두피가 따끔거리는 기분. 숨이 턱 막히고 심장이 펌프질해대기 시작했다. 동시에 어릴 때의 트라우마가 기억 속에서 쏟아져나오기 시작했다. 소외되어 외딴 섬이 되는 일. 또 여자들만 있는 그룹 안에서 1년을 감당해내야 하나? 아직도 또래 여자들로만 구성된 집단에 소속되는 게 너무나도 불안하고 두려웠다. 10년이 되어가는 중학교 때의 기억이 아직도 아팠다.

공고가 마감되고 2주 동안 매일 울었다. 불안에 떨고 식욕도 수면욕도 바닥을 쳤다. 모집이 끝났음에도 다섯 자리를 모두 채우지 못한 건 둘째, 내 사람이 없었다. 내 눈에는 불구덩이 같던 여초 집단에서 나름의 숨구멍이 되어주리라 생각했던 남성 지원자도 구하지 못했다. 설렘이고 열정이고 다 그만두겠다 선언하고 싶었다. 그 뒤로부터 일주일은 밥 먹는 시간을 제외하고 내리 잠만 잤다. 깨면 울고, 소화가 안 되는데도 계속 먹기만을 반복했다. 어느 날은 주방에 서서 언제 따뜻했는지 기억도 나지 않는 유부초밥을 억지로 입에 구겨 넣었다. 두세 번을 반복하다 내가 너무 안쓰러워서 식은 밥을 입에 물고 또 한참을 울었다.

그 후의 일주일도 지옥이나 다름없었다. 눈 뜨면 명치와 꼬리뼈까지 심장 박동이 느껴졌고, 왜 우는지도 모르면서 우는 지경에 이르렀다. 다 합쳐 3주를 내리 울다 결국 병원을 방문했다. 깔끔한 인테리어의 진료실, 검사결과지가 나오기도 전에 원장님 앞에서 나름의 분석을 늘어놓기 시작했다.

"나름 부지런히 살다 휴학을 했다고 신이 났는지, 최근에 의지가 좀 떨어진 것 같아요. 일에 집중도 잘 안 되는 것 같고. 원래 사람 심리가 일보다는 놀고 싶어서 그런지 나태해지나 봐요. 게다가 예전에 우울증을 진단받은 적이 있는데, 최근에 힘든 일이 생기면서 전조 증상이 다시 나타나는 것 같아요. 다시 재발하기 전에 빨리 잡고 싶어서 왔어요. 간단하게 상담이라도 받아볼까 해서요."

누구에게도 제대로 털어놓지 못했던 불안감을 잘근잘근 씹다 뱉어냈다. 덤덤하게 풀어낸 몇 문장이 끝나기 무섭게 원장님이 나긋한 목소리로 말했다.

"이미 우울증 맞으세요. 약 드셔야 해요. 상담만으론 안 되고, 원하시면 연결해 드릴게요. 그리고 다은씨, 본인을 너무 벼랑 끝까지 몰아세웠어요. 단순히 놀고 싶어서는 아니에요. 보니까 그럴 성격도 아니고. 나태해졌다기보다는 컴퓨터가 과부하 되면 툭 꺼지듯이, 셔터가 완전히 내려간 상태라고 생각하면 돼요. 너무 열심히, 잘 살고 싶어 해서."

듣고 싶지 않은 결과였고, 듣고 싶은 이해와 공감이었다. 한동안 나는 말이 없었다. 책상 위에는 젖고 구겨진 휴지들이 조용히 쌓여갔다. 훌쩍거림이 잦아질 때쯤 원장님은 조용히 결과지를 내밀었다. 그녀의 손에 들린 형광펜을 따라 내 시선도 함께 움직였다. 군데군데 그려지는 동그라미들이 하나씩 늘어갈 때마다 괜히 긴장됐다. 애써 풀어간 숙제에서 자꾸 오답이 나오는 것 같았다.

"신경 쪽으로는 문제가 없는데, 스트레스가 좀 높아요. 그리고 여기 빨간색으로 적힌 21.9라는 숫자 보이죠? 의욕도라고 보면 돼요. 20대면 적어도 8-90은 되어야 해요. 이 정도 수치면 5~60대라고 볼 수 있어요. 의욕이 바닥인 거죠. 한 마디로 '일할 맛이 안 나는' 거에요."

웃음이 났다. 멋쩍기도 했고, 내가 못나고 게으른 게 아니라 지금 그만큼 지친 거였다는 게 한편으로는 다행이어서. 또 한편으로는 나를 이만큼 방치한 내가 밉기도 해서였다.

"완벽주의는 스스로 알고 있었을 건데, 강박사고도 좀 있어요. 꼭 냉장고에 음료수 줄을 맞춘다고 강박증이 있는 게 아니에요. 극단적인 예로, 어떤 사람은 청결에 예민해서 이를 계속 닦는데 이게 계속 불안하고 제대로 되지 않을 것 같으면 아예 안 닦아버리는 경우가 생겨요. 업무적인 거에 대입하면 다은 씨의 케이스가 되는 거죠. 본인이 그린 그림대로 일이 이루어져야 하고, 생각대로 되지 않으면 스트레스를 받아요. 게다가 공을 많이 들이고 있는 일이라면서요. 그래서 그게 무너지는 순간들이 자꾸 생기니까 본인이 의지가 바닥을 치는 거예요. 또 굉장히 성공 지향적인 사람이라 아마도 이런 상황에서 오는 스트레스는 어마어마했을 거고요."

우선으로는 항우울제와 신경안정제를 처방받는 방향으로 치료가 이루어졌다. 작은 핸드백 탓에 넣지도 못한 약 봉투를 덩그러니 손에 들고 엘리베이터를 탔다. 10층에서 1층까지 내려가는 그 짧은 시간 동안 지난 몇 년의 기억들이 스쳤다.

정원 외 관리자

엄마는 초등학교를 입학하고부터 매년 학부모 면담에서 '따님은 완벽주의 성향이 강하다'는 말을 들어왔다. 섬세하고 예민한, 무엇이든 잘하고 싶어 하고 또 그만큼 똑 부러지는 아이. 선생님이 시키지 않아도 먼저 공부하고, 그에 따른 좋은 결과를 즐기는 학생. 선생님에게 예쁨받고, 친구들과도 두루두루 잘 지내서 부모님 걱정시키는 일 없는 딸. 분위기를 잘 읽고 늘 남을 배려해서 언제든 고민 상담사가 되어준 좋은 친구. 자랑처럼 들리겠지만 어디를 가서도 미움받을 일 없는 나였다. 그런 내 평판과 인생이 아주 마음에 들었다. 출발이 좋다고 생각했으니까. 특별한 삶을 원한 건 아니지만, '아주 평범한 삶보다는 조금 더 괜찮은 삶을 살아야지'가 늘 나의 목표였으니 못 이룰 것도 없어 보였다.

'괜찮은 삶'의 계획에 조금씩 금이 간 건 초등학교 5학년쯤이었다. 당시를 떠올리면 다들 참 철이 없었다는 생각이 든다. 지금 생각해도 이해되지 않는 문화 아닌 문화가 있었는데, 여학생들 무리를 보면 꼭 돌아가면서 한 명씩 따돌리는 거였다. 그리고 그 차례는 내 순서에서 멈춰 넘어가지 않았다. 그동안 나는 해명할 기회도 없이 누군가 만든 루머의 주인공이 되었다. 한 명씩 연락해 울며 해명하고, 주말을 겨우 버티고 학교에 가면 또 다른 루머의 주인공이 되어있었다.

이미 다 눈치챈 엄마였겠지만, 직접적으로 말을 하고 싶지는 않았다. 분명히 엄마의 마음도 무너질 것 같아서. 그런데 어떤 날은 그 애들이 우리 엄마를 두고 내게 이야기를 했다. '너희 엄마 시켜서 동네에 있는 밀면집 갔다가 학원 앞까지 태워 달라고 하자'고… 삐쩍 마르고 키도 작았던 그 아이를 그냥 두들겨 팰 걸 그랬다. 차라리 친구랑 쌈박질이나 하는 자식이고 싶었다. 엄마가 나 때문에 딸뻘인 초등학생들에게 쩔쩔매는 게 죽도록 화가 났다. 가족이 다치게 두는 못난 딸인 것 같아서 스스로가 한심했다. 결국, 그날 따돌림을 당하고 있다고 털어놓았다. 나는 엄마 차 조수석에 앉아 힘들게 해서 미안하다며 숨도 못 쉬고 울었다. 엄마는 그런 나를 안절부절못하며 달래주기 바빴다. 하나뿐인 딸만 바라보고 살 텐데, 내가 못나서 엄마의 매일을 괴롭히는 것 같았다. 나는 불효하는 자식이었다.

또 하루는, 상가 편의점 옆 계단에서 친구들이 말을 서로 미뤘다. 자기는 도저히 못 하겠다며 한참을 티격태격했다. 그러고는 나를 앞에 세워 두고 눈앞에서 보낸 문자가 참 가관이었다. 요약하면 '생각을 해 봤는데, 우리의 셔틀이 되지 않겠냐'는 내용이었다. 왜 그게 너희들의 생각으로 결정되는 건지. 화가 치솟는 동시에 바보처럼 또 눈물이 났다. 지금 떠올려도 등에 불을 지른 듯 온몸이 화끈거리는 일들. 그 마무리는 수학여행이었다. 화장실이 가까웠던 에버랜드 어느 스낵 코너 앞, 같이 다니던 아이들이 멀리 서 있던 세 명의 여학생들을 가리키며 내게 말을 했다.

"너, 저기 쟤네한테 갈래? 우리 저 중에 마음에 드는 애 한 명 있는데. 너랑 바꾸려고."

웃기지도 않았다. 나는 그냥 벼룩시장에 내어놓은 물건 중 하나였던 거다. 취향에 따라 고르고 쓸모가 없다 싶으면 내어놓는. 힘없이 밀려난 나는 '저기'에 있던 두 친구에게 넘겨졌다. 그때 만난 두 친구와는 원만한 관계를 유지할 수 있었다. 그 덕에 숨통이 좀 트였고, 6

학년을 끝까지 마무리할 수 있었다. 졸업을 앞두고 정말 마지막으로, 유독 나를 집요하게 괴롭혔던 그 친구에게 다시 물었다. 왜 내가 그렇게 싫었느냐고.

"부러워서."

짧고 명쾌한 대답에 나는 무너졌다. 화목한 가정과 칭찬만 하는 선생님. 늘 정답으로 채워진 숙제와 부끄럽지 않은 성적표. 비싸고 예쁜 준비물과 탐나는 물건들. 본인이 결핍을 느끼던 부분이 내게는 충분히 채워져 있었다는 거다.

그게, 내 잘못인가? 아니, 아닌 것 같아.

내가 남에게 우쭐댔나? 아니 그러지도 않았어.

아무리 질투가 나도 그러면 안 되는 거잖아. 그래, 확실히 내 잘못은 아니네.

한 대 맞은 듯한 머리가 마구잡이로 쏟아내는 생각들을 붙잡은 채 나를 어르고 달랬다. 무너진 마음을 차곡차곡 주워 담았다. 그렇게 새로운 시작을 기대하고 중학교로 진학했다. 1학년이 끝나갈 무렵 함께 다니던 친구가 나를 괴롭힌 적이 또 있었다. 이번엔 자신이 좋아하는 남학생이 나를 좋아한다는 이유로 친구들과 나를, 그 남학생과 나를 이간질하며 소외시켰다. 좀 지긋지긋하다는 생각은 들었어도, 그 정도는 이제 하나의 에피소드로 넘어갈 수 있을 수준이 되었다. 그렇게 다음 해가 되었다.

이야기는 지금부터였다. 마음을 다쳐본 사람도 남들 눈에 보이는 흉터가 남는 걸까. 중학교 2학년이 되고 누명 씌우기가 또 시작됐다.

기억도 나지 않는 일을, 내가 했을 리가 없는 일을 내게 뒤집어씌웠다. 내가 왕따의 주동자였다고 하더라. 물론 나는 모른다. 내가 했다는데, 나는 모른다. 끝도 없는 누명과 해명의 바다에서 허우적댔다. 어느 날은 체육 시간에 몸이 아파 운동장 스탠드에 혼자 앉아있는 나를 6~7명 정도의 여학생들이 둘러싸고 물었다. '네가 그런 거 맞지 않느냐'고. 아니라는 말밖에 할 수 없었다. 곧바로 교실에 들어가 자리에 앉았을 때 다시 다가와 물었다. '솔직하게 말해라, 네가 그런 거 맞지 않느냐'고. 또 아니라는 말밖에 할 수 없었다. 절대 인정하기 싫은 거짓을 내게 강요했다. 얼마나 더 아니라고 말해야 할지 가늠이 되지 않았다. 손끝이 차가워지고, 땀이 나고, 따끔거렸다. 나를 둘러싸고 서 있는 그 아이들 사이에 혼자 앉아 조금씩 땅으로 꺼지는 것 같았다.

한 가지 다행인 건, 믿을 수 있는 친구가 한 명 있었다. 하얗고 동그란 얼굴, 숏컷에 활달한 성격. 나랑 참 잘 맞았다. 끈끈한 우정을 서로 다짐하며 '누가 어떤 뒷담화를 해도, 서로에게 먼저 확인하자'고. 또 '싸우더라도 24시간 내에는 화해하자'고 했던 기억이 아직도 난다. 그 아이의 집에서 모바일 게임 <Subway Surfers>를 하며 한참을 침대에서 뒹굴뒹굴했던 기억도 난다. 그만큼 작고 소소한 추억들이 아직도 남아 있었다. 그나마 버틸 수 있는 숨구멍이었다. 그 친구가 주동자였다는 걸 알기 전까지는. 그 시작은 또 누군가의 이간질이었다는 걸 알기 전까지는. 사실을 알게 된 후, 한 번은 여자 화장실 칸 안에서 다투게 됐다. 서로 무슨 말을 내뱉었는지는 확실히 기억나지 않는다. 대화 끄트머리에 궁지에 몰린 친구가 갑자기 눈을 감고 힘이 풀린 듯 쭈그려 앉아버린 기억을 제외하고는. 쓰러진 건 아니었다. 파르르 떨리는 눈꺼풀과 꽉 다물어 주름진 입술을 아직도 기억한다. 더는 이 대화를 이어가고 싶지 않고, 나 때문에 이 상황이 매우 짜증 나니 그만두라는 뜻이었다. 원하는 대로 해줬다. 알면서도 괜찮냐고 물으며 부축해줬다. 친구의 왼팔을 내 목에 두르고 일으키면서 이건 아무리 해도 해결되지 않을 일이라는 걸 깨달았다. 그래 사실, 다행인 건 없었다.

몇 주 동안 학교를 나가지 않았다. 담임 선생님은 등교 시간이 되면 나를 태우러 오겠다고 했다. 그래도 나가지 않았다. 도살장에 끌려가는 기분이라 도저히 갈 수가 없었다. 몇 주 만에 간 학교에서는 나를 두고 수군거리는 소리로 가득했다. 아니나 다를까 하굣길에 근처 아파트 단지 안 벤치로 불려갔다. 다리를 꼬고 앉은 몇 명의 아이들이 나를 세워 두고 물었다. 왜 학교를 나오지 않았는지. 뭐라고 말하면서 나오지 않았는지. 이제야 불안했던 거지. 왜 내가 혼나고 있어야 하는지 그 영문도 모르고 우물쭈물, 안절부절. 그러는 사이에 엄마가 날 찾았다. 화가 난 건지 눈물이 나려는 건지 내가 안쓰러운 건지. 지금도 그 답을 알 수 없는 표정이 아직도 선명하다. 나는 그날 또 불효를 했다.

이후 얼마나 지났을까. 여전히 학교에 나가지 않았다. 이불에 파묻혀 넋이 나간 표정으로 누워있는 내게 엄마가 말했다.

"다은아, 학교... 그만둘래?"

혼란스럽다, 억울하다는 것과 같은 단어가 불필요했다. '싫다'는 감정만이 너무나도 선명했다. 아직도 그 정확한 대상은 모른다. 나를 괴롭힌 그 아이들이? 나약하게 무너지는 내가? 결국은 도망가자는 선택지를 준 엄마가? 이 모든 걸 해결하지 못한 선생님들이? 모르겠다. 도무지 알 수 없어서 돌아누워 울기 시작했다. 그렇게 얼굴을 벽에 처박은 채로 한 시간을 울고, 억울해서 또 한 시간을 울고, 다음에는 화가 나서 또 한 시간을 울었다.

중학교 3년에서 정확히 절반, 2학년 1학기까지 겨우 다닌 상태에서 학교를 그만두었다. 중학교까지는 의무교육이라 자퇴의 개념이 없어 '정원 외 관리자' 처리를 하는 게 전부였다. 교무실을 들렀다가 이동 수업 시간을 노려 빈 교실에 짐을 챙기러 갔는데, 어떻게 안 건지 나를 괴롭히던 몇 명이 교실에 들어왔다. 학교를 그만두는 게 정말이냐고 묻더니 대뜸 나를 끌어안고 울기 시작했다. 미안하다고, 잘못했으니 가지 말라고. 울어야 하는 건 나 아니야? 라는 생각이 드는 동시에 눈물이 터져 나왔다. 뭐가 예쁘다고 그 애들을 끌어안은 채 울어젖혔는지는 모르겠으나 그 감정 깊은 곳에 미련한 정이 바탕이었다는 건 알았다. 나를 지켜주지 못한 학교에 대한 애정을. 나를 믿어주지 않은 친구에 대한 우정을 두고 이제는 쓸모없는 감정이다, 당장 버려야 할 마음이다. 속으로 몇 번이나 되뇌었다. 진심을 주면 진심이 돌아올 줄 알았는데 또 혼자만 물렁했던 거다.

덤덤한 척 걸어 나오다 교문 근처에서 결국 뒤를 돌았다. 미련이 덕지덕지 붙은 얼굴로 한참을 서 있었다. 탁함이라고는 찾아볼 수 없는 하늘과 군데군데 잘 뭉쳐놓은 구름. 손에 든 서류가 살짝 휘어질 정도의 바람. 그 위에 얹어진 따스한 햇살. 시선을 조금 내리면 곳곳에 페인트가 벗겨진 축구 골대가 축 늘어진 그물을 감고 서 있었다. 텅 빈 운동장은 날리는 모래 먼지 하나 없었다. 정말이지 그림 같은 풍경. 눈물 나게 평화로운 오후. 간간이 교실 안 친구들이 선생님과 웃고 떠드는 소리가 들렸다. 그런데 그 웃음소리마저 너무 멀어서. 뭐랄까, 누군가 흘리고 간 웃음소리를 혼자 남아 주워듣는 기분. 억울하게 빼앗긴 행복을 돌려달라 말하지도 못하고, 그 부스러기를 따라 길을 더듬는 기분. 원래는 나도 저 안에 섞여 있어야 했는데. 이제는 그들이 뭐가 즐거워서 웃는지 알 길이 없었다. 꽈악 조이는 것 같은 목구멍을 입에 머금고. 눈물을 흘리지도 않고 그렇다고 찡그리지도 않은 얼굴로 멍하니, 가만히, 우두커니 서 있는 나를. 엄마는 기다려줬다. 옷자락 하나 잡아끌지 않고 그냥 가만히 그렇게. 나는 그날, 학교를 그만뒀다.

문제아

학교를 그만둬도 세상은 그대로였다. 별거 없었다. 초등학교, 중학교, 고등학교를 거쳐 대학으로, 그다음에는 직장으로. 모두가 암묵적으로 동의한 인생의 마라톤 코스에서 혼자 샛길로 튕겨 나갔다고 설명할 수 있었다. 지도 없이 어떻게든 결승 지점에 도달해야 하는 상황에 놓여 곤란했을 뿐이었다. 그 낯선 길이 예상보다 더, 더 암담했을 뿐이었다.

　게다가 당시의 나는 조금, 아니 많이 무너져있었다. 학교를 그만두
기 전부터 다니기 시작했던 병원에서는 약물과 상담을 병행하자는
진단을 내렸다. 미성년자에게는 수면제를 처방할 수 없어 수면 유도
제를 받았고 매주 상담하러 병원을 방문했다. 좀 나아졌느냐고? 아니
여전히 별로였다. 몸에 좋지 않으니, 괜찮아지면 바로 줄여나가자던
약은 매주 늘어났다. 반 알에서 한 알. 한 알에서 한 알 반. 이러다 그
냥 약통을 통째로 받아 가라고 하면 어쩌지 하는 생각마저 들었다. 일
주일에 한 번씩 보는 상담사에게는 내 속마음을 털어놓기 싫어 별 의
미도 없는 일상 이야기나 했다. 불면증에 도움이 되라고 받았던 수면
유도제는 나를 바보로 만들어 놨다. 사람이 극한으로 피곤하면 반쯤
잠이 들어 헛소리할 때가 있다. 그 상태를 몇십분 간 유지하다 언제인
지도 모르게 잠이 든다. 누군가와 주고받은 메시지를 다음 날에 보면
술에 취한 사람 혹은 잠꼬대를 하는 사람처럼 헛소리를 잔뜩 늘어놓
은 상태였다. 어느 순간부터 우울증약과 수면 유도제가 역겨워졌다.
검지 손가락 한 마디만 한 비타민은 잘만 먹으면서 그 약은 넘길 때
마다 속이 울렁거렸다. 스트레스를 줄이는 과정마저도 스트레스였다.
약 없이 잠들고 싶어서 몸을 피곤하게 만들어보기도 했다. 꼬박 이틀
밤을 새우고 친구를 따라 봉사활동도 다녀온 몸으로 기대에 부풀어
침대에 누웠다. 안타깝게도 잠이 오는 것과 잠이 드는 것은 별개의 일
이었다. 버티고 버티다 아침 해가 뜰 때쯤 힘없이 약봉지를 뜯었다.

　뭐라도 해야 할 것 같아 기분 전환을 하기도 했다. 톤다운 된 와인

색 머리와 알록달록한 손톱 덕에 친구들의 부러움을 사기도 했다. 교복에 단발머리를 유지해야 하는 이들의 눈에는 꿈꾸던 성인의 삶을 미리 앞당겨 사는 사람처럼 보였을 거다. 그 안에서 내가 감당해야 하는 삶은 전혀 몰랐을 테니까. 밖을 돌아다니다가 중학생이라는 걸 알게 되면 다들 물었다. 이렇게 치장해도 학교에서 혼내지 않느냐고. 딱히 설명할 길이 없어 자퇴한 걸 밝히면 사람들은 더 묻지 않는 사람과 더 묻는 사람으로 나누어졌다. 더 묻지 않는 사람은 불필요한 대화를 강요하지 않았다. 다만 동시에 나를 문제아 보듯 보는 눈빛이 불쾌했다. 더 묻는 사람은 억울한 내 이야기를 흥미롭게 들을 준비가 되어 있었다. 대신 그 궁금증은 나를 배려하지 않았다. 그래서 어느 순간부터 나이를 숨기려고 애썼다. 164cm, 등을 타고 내려오는 긴 생머리, 호리호리한 체형에 분위기가 성숙하다는 이야기를 자주 듣는 얼굴. 그 외모에 치장까지 했으니 의문을 가지는 사람은 없었다. 길을 걸으면 대학생을 위한 특강이 있다며 종이를 나눠주고, 술을 사러 슈퍼에 가도, '아이구 우리 예쁜 아가씨 왔네, 항상 싹싹하고 얼마나 좋아'라며 소주를 담아 건네줬을 정도니까.

아, 미성년자의 음주는 잘못되었다는 걸 안다. 알면서도 별다른 방법이 없었다. 매일 숨죽여 울다가, 베개에 얼굴을 파묻고 우는 건지 소리를 지르는 건지 모르게 침대 위에서 버둥거리다가, 술을 찾다가, 결국은 내 몸에 상처를 내는 지경까지 이르렀으니까. 당시 생긴 버릇이 하나 있다. 구석의 구석의 구석까지 가서 우는 것. 가족들과 함께 지내던 집에서 나 혼자 조용히 울 방법이 뭐 얼마나 있었을까. 외동딸

쓰라고 내어 준 안방의 화장실 구석이 내 단골 자리였다. 차가운 타일 벽 코너에 등을 끼우고 바짝 붙어 쭈그려 앉는다. 휴지를 옆에 두고는 숨죽여 울다가, 지치면 무릎에 얼굴을 파묻고 잠시 쉬다가 힘이 나면 또다시 삐질삐질 울어댔다. 이 버릇은 아직도 못 고쳤다.

　내 일상은 그렇게 반복됐다. 특별히 새로운 것도 없었다. 그나마 뭔가를 한다면 중학교 졸업장을 위해 검정고시 학원에 다니기 시작했다. 거기에 조금 더하자면 어릴 때부터 배우던 드럼을 취미 삼아 계속 배웠다는 것, 검정고시 학원이 끝나면 종종 길 건너편 탐앤탐스 커피숍 2층에 앉아 엄마와 미래에 대해 끊임없이 이야기를 나눴다는 것 정도였다. 검정고시는 단박에 통과했다. 그렇게 어려운 수준도 아닐뿐더러 이미 3년 과정의 절반을 배웠으니 그 이후의 진도를 나가는 일은 어렵지 않았다. 아이러니하게도 친구들이 3학년을 다 끝마치기도 전에 내가 먼저 중학교 졸업장을 얻었다. 당장 눈앞에 닥친 고등학교 진학부터 고민해야 하고, 한 번 넘어지니 또 넘어질 용기가 쉽게 나지 않았지만, 내 모습을 찾아가는 것 같아 버틸 만했다. 어딘가 어긋난 것 같지만, 이전보다 자주 웃고, 가끔은 즐거운 삶이었다. 물론 여전히 많이 울었다. 그래도 열여섯의 나는 꽤 잘 버티고 있었다. 날마다 고민하고 다짐하면서.

　그런 내가 단 한 가지, 꼭 피하는 것이 있었다. 평일 오후 3시 혹은 4시쯤에는 절대 동네 학원가 쪽으로 가지 않았다. 그 중앙을 크게 가로지른 사거리 중 한 길이 내가 다녔던 중학교와 연결되는 게 그 이유였다. 그 길에는 아파트 단지 입구 몇 개가 전부여서 대부분의 학생은 무조건 그 길을 따라 학원가까지 내려오게 된다. 다르게 말하면 그 사거리는 근처에 서 있기만 해도 전교생을 다 마주칠 수 있는 곳이 된다. 아마도 10월쯤이었을 거다. 3시를 조금 넘겼을까. 어쩌다 마트에서 장을 좀 오래 봤을 뿐이었다. 그래서 하필 딱 그 시간에, 그 사거리에 서 있게 됐다. 마트를 나서자마자 어, 하고 돌아설 틈도 없이 차콜색 교복들이 내 옆을 스쳐 지나갔다. 순식간에 밀려오는 짙은 회색 파도를 보는 기분이었다.

아, 어...

이유도 모른 채 회피했던 시선을 다시 돌렸다. 또 맑았다. 학교를 그만두고 나오던 그 날처럼. 하늘은 더 높았다. 날은 조금 더 선선했고. 시선을 조금 더 멀리 뒀다. 저어 윗길에서부터 쏟아져 내려오는 내 또래의 아이들을 가만히 바라봤다. 장난치고, 웃고, 떠드는 모습들이 반짝거리는 아이들을. 그건 누군가 애정을 가득 담아 찍은 영화의 한 장면이었다. 반대로 어두운 영화관에서 가만히 화면을 마주 보는 이방인, 그건 나였다. 남이 나를 자꾸 할퀴어서 도망친 건데, 그 선택이 이제는 나를 할퀴고 있었다. 외면했던 손톱자국이 마음을 끝도 없이 파고들더니 결국 구멍을 냈다. 가볍게 스치는 산들바람에도 가슴이 시린 듯하더니, 이내 불이 확 붙었다. 그 연료가 내 삶에 대한 애정인지, 나를 괴롭게 한 것들에 대한 복수심인지 정확하게 구분할 수는 없었다. 하지만 확실한 건 내 인생에서 가장 뚜렷한 각성의 순간이었다. 혹여나 마음이 흔들릴까 더 고민할 시간을 두지도 않고 당장 결정을 내렸다. 엄마는 내가 또 힘든 일을 겪을까 노심초사했지만, 무언가를 한 번 잃어본 사람에게는 그 결핍이 주는 공허함이 더 두려웠다. 후욱 시큰해져 오는 콧잔등에 힘을 주고, 어금니로 볼 안쪽을 두세 번 씹고는 툭, 말을 던졌다.

"엄마, 나 다시 학교 갈래. 후회할 것 같아."

배치 고사 명단 마지막에 따로 적힌 이름이 자꾸 신경 쓰였기 때문일까. 입학하면서는 언제 그만둘지 모른다며 교복을 한 세트만 샀다. 잔뜩 긴장한 채로 분위기를 살피는 내게 반 친구들이 하나둘씩 다가왔다. 한 여학생은 처음 봤을 때부터 내가 마음에 들었다고 한다. 또 다른 친구는 명단에 왜 이름이 따로 적혀있었는지 궁금하다고 했다. 곤란하면 말하지 않아도 된다는 말을 다급히 덧붙였는데, 그게 참 귀여워 웃음이 났다. 대화 한 번 해보지 않은 한 친구는 복도에 나온 나를 대뜸 끌어안으며 운동장에 산책하러 가자며 졸랐다. 막무가내로 행동해버리는 반 아이들이 오히려 좋았다. 무례한 말을 던지지 않고, 곤란한 질문을 하지 않아 주어서 고마웠다. 이번엔 안심해도 된다. 반 친구들을 만난 건 반전 없는 '진짜 다행', 지난 시간의 보상 같은 행운이었다. 집에 돌아와 학교를 계속 다녀보겠다는 말에 엄마는 곧장 그 길로 나가 교복 두 세트를 더 사 왔다.

물론 고등학교 생활도 평탄하지는 않았다. 초반 1년 정도는 수면 유도제를 먹느라 약 기운에 취해 아침 수업을 제대로 들은 기억이 없다. 성희롱 메시지를 30통 넘게 받아본 적도, 40명 가까이 되는 인원에게 둘러싸여 마녀사냥을 당해본 적도, 사실이 아닌 일로 협박 문자를 받아본 적도 있다. 가장 가까웠던 친구가 주변 친구들을 모아 나를 도마 위에 올려놓고 무자비하게 헐뜯은 사건도 있었다. 버티다 못해 여행을 핑계로 시애틀에 가 도피 유학을 준비하기도 했다. 그런데도 도망가지 않은 건 남았을 때의 괴로움보다 도망쳤을 때의 후회가 더 크다는 걸 알기 때문이었다. 같은 상처를 두 번 내고 싶지도, 같은 후회를 두 번 하고 싶지도 않았다. 그럴수록 악착같이 졸업을 위해 노력했다. 졸면서도 어떻게든 수업을 듣고 쉬는 시간에 선생님과 농담을 주고받는 것. 석식 대신 떡볶이 세트를 시켜 친구들과 나눠 먹고, 야자시간 복도에서 도망가는 친구의 망을 봐주는 것. 나중에 생각하면 소소한 웃음거리가 되어줄 수 있는 '평범한 여고생의 추억'들을 하나씩 주워 담아 졸업장과 함께 가득 들고나오는 것. 그게 나의 '졸업'이었다. 시간이 조금 지나면서, 대학 생활에도 욕심이 생겼다. 크게 관심을 두지 않았던 성적을 2학년 2학기부터 확 끌어올려 적당한 4년제 대학에 진학했다. 그렇게 나는 2월의 어느 날, 학교를 졸업했다. 초라한 종이 몇 장 대신 화려한 꽃다발을 가득 안고.

롤모델

　다사다난했던 3년을 뒤로하고 성인이 됐다. 비록 열다섯, 열여섯의 나를 다시 채우지는 못했지만 계속 뒤만 돌아볼 수는 없었다. 대학에 가서는 밤새 친구들과 축제를 즐기며 깔깔 웃어보기도, 연애에 울어보기도 했다. 넘치는 과제에 허덕이기도, 장학금을 받으며 학교에 다니기도 했다. 호기심이 생겨 여러 프로그램과 동아리, 대외활동에도 참여하기 시작했다. 평범한 여대생의 삶이었다. 완벽하진 않았지만 완전했다. 그럴수록 점점 욕심이 났다. 더 괜찮은, 더 멋진 삶에 대한 욕구가 다시 새어 나왔다. 동시에 이제는 정확히 누구인지도 모를 '그들'보다 더 좋은 인생을 살기 위해 치열하게 몰입하기 시작했다. 내 진심을 알아주는 사람에게 따뜻함을 주기 위해 애쓰고, 내 실력을 알아주는 사람에게는 더 인정받기 위해 애썼다. 그 몇 년의 과정을 거쳐 2021년, 올해의 이야기로 돌아오게 된다. 사실 단체 대표가 된 우울증 환자의 뒷이야기는 별 재미가 없다. 모든 과정이 순탄치는 않았으나 절대 놓고 싶지는 않았다. 울고, 다시 눈물을 닦고, 주저앉았다가, 다시 일어나는 일을 반복했다. 결국은 성공적으로 행사를 마무리했다. 현재는 결과 보고서를 작성하는 일만 남았다. 그렇게 나의 이야기는 오늘까지 흘렀다. 고집대로 버티기만 하는 게 정답은 아닐 수도 있지만 한 가지 확실한 게 있다면 나는 포기하지 않았고 과거의 나에게 인정받는 내가 되었다. 이제는 이 재미로 산다. 시간이 지나 '내가 원하던 나'를 마주하는 것만큼 대견한 일도 없으니까. '무언가에 빠져들어 열정을 갖는 나' 혹은 '단 하루라도 마음껏 휴식하고 웃는 나'처럼 거창한 목표가 아니어도 내 마음에 드는 내 모습을 하나씩 시도하는 게 즐겁다. 이 작은 시도들은 나를 지키기 위해 수없이 다짐한 것들에서 시작됐다.

　삶의 결정권을 손에서 놓지 말고, 나의 선택에 따라 최선을 다할 것.

내가 사랑할 수 있는 삶을 사는 게 나를 상처 주는 이들에겐 가장 통쾌한 복수임을 잊지 말 것.

그리고 아픈 경험을 했다면, 거기에서 꼭 배울 점 한 가지를 들고나올 것.

물론 이게 모든 걸 해결할 수 있는 건 아니다. 또 모두에게 적용되지 않을 수도 있다. 힘든 일을 겪으면서 뭔가를 깨닫는 경험을 했다고 해도 나는 아직 부족한 사람이다. 게다가 앞서 말한 것처럼 각자의 동그라미는 절대 똑같을 수 없기에 내가 누군가의 삶에 함부로 조언할 수 없다는 점도 안다. 고작 20년 하고 몇 년을 더 살아온 내가 세상을 다 산 것처럼 말하는 건 웃긴 일이기도 하니까. 그런데도 지금까지 아픈 이야기를 굳이 꺼내놓은 건 이 글을 읽는 당신에게 위로와 응원을 전하고 싶은 마음에서였다.

"다은아 네가 내 롤모델이야."

주위 친구들은 내게 가끔 이런 말을 해주곤 했다. 이유는 다양했다. 누구보다 열심히 살아서, 떠도는 말에 쉽게 휘둘리지 않는 확신이 있어서, 무너질법한 일에도 결국은 딛고 일어서는 걸 봐서. 물론 하루 만에 만들어진 내가 아니었다. 잃어본 적 있어서 쉽게 포기하지 않고, 억울해 본 적 있어서 가벼운 말을 쉽게 믿지 않고, 다쳐본 적 있어서 버티는 법을 찾기 시작했을 뿐이었다. 하지만 그 비하인드가 어떻든 간에 그래, 나는 꽤 괜찮은 사람으로 성장하고 있었다.

물론 지금의 삶이 평화롭기만 하냐고 묻는다면, 아니. 그럼 그때의 상처가 아물었느냐 묻는다면, 그것도 아니. 나는 지금까지도 완전히 극복하지 못했다. 그런 드라마틱한 일은 일어나지 않았다. 아직까지 병원에 다니고, 가끔 무너질 때면 약의 도움을 받고, 작은 일에 상처받아서 눈물을 흘린다. 그러나 나는 산다. 순간순간에도 나를 잃지 않고 싶어서. 단단하게 자라는 딸이고 싶고, 기댈 수 있는 친구이고 싶고, 사랑을 듬뿍 줄 수 있는 애인이고 싶어서 산다. 나를 놓아버리지도 않고, 죽어버리지도 않고 산다. 남들이 아무렇지 않게 망가뜨리려는 삶이어도 내게는 한 번뿐인 것이라서 여태 붙들고 산다.

그래서 당신에게도, 나에게도 꼭 해주고 싶은 말이 있다. 나를 우선순위로 두는 연습을 하자. 누군가 대뜸 내게 상처를 준다면 남은 정을 주워 담느라 혼자 울지 말고, 단호하게 밀쳐내는 연습을 하자. 타당한 이유 없이 내게 날을 세우는 사람은 굳이 끌어안을 필요가 없다. 또 반드시, 과거의 나처럼 혼자 끌어안지 말고 아프면 아픈 티를 내자. 이건 그 누구와 마주 보더라도 필요한 일이다. 당신이 나보다 더 괴로운 일을 겪었을 수도 있고, 지금 이 순간 늪에서 허우적거리고 있을 수도 있다. 어쩌면 끝도 없이 무너져서 무언가를 포기하려 할 수도 있다. 망가진 것 같은 일상과 인생에 빛이라고는 없어 보일 수도 있다. 그럼에도 불구하고 당신이 살아있는 동안 당신의 원은 잘 그려지고 있다는 것. 타원형이 되어도 좋고 눈사람 모양이 되어 멀리 돌아와도 좋다. 예뻐 보이는 저기 저 원도 가까이서 보면 우둘투둘 굴곡이 있을 거다. 그러니 일그러지면 일그러지는 대로 두자. 애초부터 동그라미는 그리는 사람의 뜻대로 되지 않는 것이더라. 물렁물렁한 나도 버텼으니, 당신은 훨씬 더 잘할 수 있으리라 생각한다. 어찌해도 유난스럽게 싸고돌며 살아야 하는 내 인생이다. 아무리 생각해도 귀한 삶이다. 그러니 애틋하고 소중하게 대하기로 하자. 멈출 생각 말고 동그라미를 그리자, 사랑을 담아서.

내가 하는일은 헬스트레이너

차다진

차다진   1994년 함안에서 태어났다.

마산대학교 재활의학과를 졸업한뒤 언제나 헬스트레이너 일을 하고 있다.

현대사회에서 자기관리는 필수이다

운동이 필요한 이유는 알고 있지만 모든 사람이 운동을 재미있다고 느끼진 않는다.

인스타그램 @yeon_ieun

/ 나의 하루

/ 운동은 어려워

/ 내가 하는일은 헬스트레이너

/ 비만에도 종류가 있다

/ 안정감이라고 생각하면 되지않을까요?

나의 하루

　내 하루 일과는 늘 똑같아서 어쩌면 지겨운 일상이다. 9시나 10시쯤 잠이 덜 깬 채로 일어나 엉기적대며 화장실로 들어가 세수와 양치를 하고 부엌으로 발걸음을 옮겨 정수기에 앞에서 물 한잔을 받고 그 자리에 서서 쉬지 않고 물 한잔을 쭈욱 들이킨다. 창밖으로 비치는 햇살에 아무 생각 없이 잠시 멍 때리다 배에서 나는 꼬르륵 소리에 밥그릇들을 챙겨서 밥솥에 있는 밥을 퍼서 간단히 늦은 아침을 챙겨 먹는다.

　일어난 지 얼마 안돼 먹는 밥은 맛으로 먹는 거라기보다 안 먹으면 나중에 운동할 때 힘이 안나기도 하고 첫끼니에 탄수화물을 챙기기 위해서 의무적으로 먹는 거라 밥이 안 넘어가도 꾸역꾸역 목구멍으로 다 밀어 넣고는 나갈 준비를 한다.

　최대한 눈에 안 띄는 색으로 검은색 운동복에 검은색 캡 모자를 푹 쓰고 화장 안된 맨얼굴에 마스크까지 쓰고 나니 예전에 봤던 범죄 영화의 주인공들이 생각나는 모습이다.

　집에서 걸어 나와 10분만 걸으면 도착하는 센터엔 같이 일하는 동료 선생님들도 같이 운동하기 위해 시간 맞춰 오고 이었다.

　나를 차쌤이라 부르며 반갑게 손 흔들고 걸어오며 먼저 밥 먹었냐고 묻는 동료 선생님 질문에 손을 들고 어깨를 으쓱거리는 제스처를 하며 입을 삐죽거렸다.

　"꾸역꾸역 대충 먹었어요 쌤은 뭐 먹고 왔어요?"

'시간없어서 김밥 먹었어요'

"그거 가지고 힘이 나겠어요?"

'에이 왜 작게 먹었을 거라 생각해요'

인사치레로 간단한 농담을 주고 받으며 헬스장으로 들어왔다. 탈의실로 같이 들어와 옷을갈아입고 동료 쌤의 말한마디 '오늘도 파이팅' 하자는 말을 듣고 나도 같이 '화이팅'을 외치고 탈의실을 나왔다. 몸을 풀기 위해 준비운동으로 골반 스트레칭과 폼롤러로 몸을 구석구석 풀었다. 오늘은 내가 제일 싫어하는 하체운동 하는날이다.

같이 일하는 동료 선생님과 서로 자세 봐주고 무게 보조해주고 보조받으며 2시간 30분이라는 시간, 힘들었던 하체 운동을 끝내고 몸을 풀기 위해 깔아놨던 매트 위에 잠시 앉아 쉬면서, 아침에 일어나 운동할까 말까 고민하다 해야지 마음먹고 나왔지만 오늘도 빼먹지 않고 열심히 했다는 생각에 미뤄놨던 숙제를 다 하고 난 거처럼 홀가분 한 마음이었다.

"하나 호흡 내쉬세요"

"둘 배에 힘주세요"

"셋 허리 펴주세요"

익숙한 듯 숫자를 세고 있는 나와 머리엔 비 오듯 땀방울들이 흐르고 내가 부르는 숫자에 맞춰 열심히 두 손은 꼭 맞잡고 앉았다. 일어났다. 스쿼트 동작을 하고 있는 회원님은 마지막 5번째 세트에 30개

개수를 끝내고 가쁜 숨을 몰아 쉬고 있었다.

호흡이 안정된 회원님은 물을 마셨고, 나는 잠시 고개를 돌려 창문 밖을 쳐다보았다. 창문 밖 풍경은 햇빛이 쩅하게 나무를 비추고 있었다. 햇빛 때문인지 나무가 새빨갛게 물들어 있는 모습이였고, 바라보는 나조차 덥게 만드는 기분이였다.

운동은 어려워

운동은 어렵다. 그렇다. 운동은 알아야 할 것들이 너무 많기 때문이다. 우리가 운동에 대해서 잘 몰라도 스쿼트, 데드리프트, 벤치프레스라는 단어는 많이 들어봤을 것이다. 스쿼트 동작에 대해서 설명 해달라고 물어보는 질문을 받게된다면 어떨까 생각해보자.

"스쿼트는 어떻게 하는건가요?"

"어.. 발을 이렇게 하고 앉았다가 일어나는거예요"

순간적으로 생각을 멈추게 될 것이다. '내가 스쿼트를 어떻게 했더라?' 유투브나 운동영상을 보면서 많이 따라했던 동작이라 머리로는 알고 있지만, 그걸 말로 풀어서 누군가에게 알려준 적은 없으니 당연하다. 운동에 종사하는 사람들이야 늘 하는 말이니 익숙하겠지만 일반 사람들은 자신 있게 대답을 못하는 것이 당연한 사실이다. 스쿼트 동작에도 여러 가지의 스쿼트 운동방법들이 있다.

허벅지가 90도가 될 때까지 앉았다가 일어나는 기본 스쿼트

스쿼트 동작으로는 발 넓이는 어깨너비로 벌린 다음 복부에 힘을 잡고 가슴을 위로 들어준다는 느낌으로 펴서 곧게 내려가며, 엉덩이는 무릎과 일직선 혹은 아래로 내려왔다가 엉덩이를 앞으로 조여준다는 느낌으로 올라오는 동작으로 엉덩이와 배에 지속적으로 힘을 주어야 하는 기본 운동이다.

여자들이 가장 많이 고민하는 허벅지 안쪽 지방을 많이 태울 수 있는 와이드스쿼트

와이드 스쿼트 동작은 기본 스쿼트 보다 발 넓이를 어깨넓이 보다 더 많이 벌려 잡고, 발가락 방향을 45도로 유지하고, 배와 엉덩이에 힘을 주며 내려간다. 내려가면서 무릎이 안쪽으로 말려 들어가지 않도록 밖으로 밀어주는 느낌을 잡아야한다. 엉덩이가 무릎보다 내려 갈수록 안쪽 허벅지(내전근)가 타들어가는 느낌을 받는 운동이다.

유산소 운동과 근력운동을 동시에 할 수 있어 칼로리 소모량이 많은 점프 스쿼트

점프 스쿼트는 점프와 스쿼트를 동시에 연결하기 때문에 무릎관절이 좋지 않은 사람들에게는 비추천하는 운동으로 발을 어깨너비로 잡은 기본 스쿼트 동작에서 무릎이 90도로 굽어진 상태에서 바닥을 힘 있게 밀어주며 점프했다가 되돌아오며 다시 내려가는 운동이다.

허벅지 바깥쪽과 승마살 지방을 뺄 수 있는 스쿼트 레그 레이즈

레그 레이즈는 뱃살 아랫부분 즉, 하복부를 단련시키는 운동이다. 스쿼트와 레그 레이즈를 동시에 잡아주기 때문에 그만큼 칼로리 소모량은 높으며 동작으로는 기본 스쿼트 동작에서 올라오는 순간에 한쪽씩 다리를 쭉 뻗어 주며 양쪽을 잡아주는 운동이다.

엉덩이 근육을 강조하여 애플 힙을 만들 수 있는 스플릿 스쿼트

다른 스쿼트와 달리 스플릿 스쿼트는 두발이 같은 위치에 있지 않고 앞뒤로 발의 간격을 두고 런지 동작과 비슷한 동작으로 앉았다가 일어나는 운동이다. 조금 더 자세하게 설명하면 흔히 아는 런지 자세에서 가슴이 아래로 내려가지 않도록 허리는 앞을 바라보게 만들어 앞쪽 다리와 뒤쪽 다리 힘이 동등하게 천천히 90도로 내려왔다가 올라오면서 뒤쪽 엉덩이에 힘이 들어가게 하는 운동이다.

이뿐만 아니라 변형된 스쿼트 동작들도 여러 가지가 있다. 이렇듯 스쿼트 운동 하나만으로도 많은 운동법이 존재하기 때문에 일반 사람들에게 스쿼트에 대해 설명해해보라고 한다면 어버버 하는 것이 너무 당연하다.

내가 하는일은 헬스트레이너

나는 헬스 트레이너로 일하고 있다. 처음 보는 사람들에게 헬스 트레이너라고 하면 대부분

"와 그럼 몸매 좋으시겠어요"

"자기 관리 철저하시겠네요"

"술은 잘 안 마시겠네요"

"맨날 몸 좋으신 분들만 봐서 몸 좋은 사람만 만나실 것 같아요"

"반전 이미지네요?"

다양한 반응들이다. 그림 그리는 일을 하는 사람에게 자기 자신의 모습도 그려달라는 이야기나 그림관련된 질문을 많이 듣는다. 음악 쪽으로 일하는 사람에게는 노래 한번 불러달라는 말이나 노래관련 질문을 많이 듣는다. 요리 쪽 일을 하는 사람들에게는 요리 관련된 질문을 많이 들을 것이다. 나도 그들처럼 하나같이 몸에 관련된 질문들이 쏟아진다. 몸에 관련되고 운동에 관련된 질문들을 받는 게 싫은 건 아니다. 다만 나도 어떤 날에는 다른 주제로 대화를 하고 싶을 뿐인 거다.

헬스 트레이너 일을 한 지 6년 정도의 시간 동안 여러 곳들로 서울, 경기권 헬스장에서 일을 하면서 느낀 것이 있다. 어느 지역이던 어느 동네던 운영체계는 조금씩 다를 뿐 똑같은 패턴이다.

정해진 시간에 다 같이 모여하는 회의. 남들이 보면 회의지만 정작

들여다보면 오고 가는 돈 얘기뿐이다. 본인이 세운 목표매출을 달성한 사람과 목표보다 한참 못미치는 매출로 실적이 저조한 사람이 있다. 목표매출을 달성한 사람은 자신감에 어깨가 으쓱 올라가 있다. 목표매출이 저조한 사람은 다른 선생님들과 팀장님 부장님등 눈치를 보며 주눅들어 있는 모습이 그려질 것이다. 이렇듯 눈치보고 눈치주는 돈얘기가 끝나고 나면 맡은구역에 청소를 한다.

화장실청소, 탈의실 청소, 기구 먼지닦는 청소, 센터내부 물걸레 청소등 있다.

담당구역 청소가 끝나고 시간이 나면 플로워를 돈다. 플로워를 돈다는 말은 헬스장 내부를 돌아다니면서 기구를 잘못 쓰고 있는 분들이나 도움이 필요한 분들에게 다가가 운동 자세를 알려주고 헬스장 기본 회원님들 관리를 하는 걸 말한다. 그렇게 회원관리를 하고 나면 1시간이라는 시간 동안 식사를 하고, 수업이 없는 비는 시간에 홍보를 하러 나간다.

비가 오는 날에는 우산을 쓰고, 눈이 오는 날에는 눈을 맞으며, 날씨가 더운 날에는 거친 숨을 몰아쉬며 손이나 전단지로 부채질하며, 추운 날에는 손이 시려 얼어붙어 삐걱대는 손을 가지고 길거리에 사람이 있다면 어떤 날씨이든 밖으로 나가 홍보를 했다.

지나가는 사람들에게 전단지를 나눠주며 홍보를 하기도 하고 전봇대나 건물벽에 포스터를 붙이기도 한다. 전단지를 돌돌 말아 차 문 손잡이에 끼워놓거나 아파트 단지로 들어가 동 하나를 맡아서 맨꼭대기 층부터 집집마다 문에 한 장씩 붙여 내려오기도 한다. 나무와 나무

사이나 전봇대와 전봇대 사이에 현수막을 설치하는 방법도 있다. 다양한 홍보 방식이 있지만 대체적으로 많이 하는 홍보 방식이 길에 지나가는 사람들에게 전단지 나눠주는 일이다.

지나가는 한 사람 한 사람씩 전단지를 나눠주면서 인사를 건넨다. "안녕하세요 어디 어디 헬스장입니다" 같은 말을 되풀이하며 한 장씩 나눠 주다 보면 여러 반응으로 나뉜다. 누구는 감사하게 받아주는 사람, 누구는 못 볼 거라도 본거 마냥 벌레 쳐다보듯 보고 조금이라도 나와 닿지 않으려 몸을 돌려 지나가는 사람, 또 누군가는 받아서 한두 발짝 가서 받은 전단지를 땅에 휙 버리고 가는 사람, 여기 어디 있는 거냐며 물어보는 사람, 가격을 물어보는 사람, 여러 반응들의 사람들을 만나게 된다. 여러 반응들의 사람들을 만나 다보며 느낀 것이 있다.

헬스장 안에서는 힘들 때, 의지가 약해질 때 옆에서 잘 잡아주고 나와의 꾸준한 운동으로 많이 좋아졌다고 고맙다는 말을 듣는다. 아 내가 이래서 헬스 트레이너 하지라는 생각과 그럴 때 느끼는 감정은 세상 행복하다. 돈은 많이 못 벌어도 내가 한 노력들로 인해서 배워오고 쌓은 지식과 정보들이 회원분들에게 인정받는 일이야 세상을 다 가진거 처럼 보람을 느낀다.

헬스장 밖에서 전단지를 나눠드릴 때 못 볼 거라도 본거 마냥 벌레 쳐다보듯 바라보는 시선과 조금이라도 닿지 않으려 몸을 돌려 지나가는 사람들을 경험한다. 헬스장 안에서와 밖에서의 온도 차이에 어쩔 땐 하루가 빨리 지치기도 한다. 말이 홍보지 그냥 영업이었다. 멋

모를 땐 이렇게 하는 게 당연한 건 줄 알았다. 지금 생각하면 이것 또한 돈 주고 못 사는 경험인 것이다.

아직도 헬스 트레이너 일에 대해서 잘 모르는 사람들에게 헬스 트레이너라고 얘기를 하면 겉모습이 보기 좋아 보여 멋있다는 말을 한다.

그렇게 화려해 보이는 겉모습에 속아 너도나도 트레이너 일을 쉽게 생각해 트레이너가 된 사람들 여럿 보았다. 그런 사람들 하나같이 헬스 트레이너면 헬스장 공짜로 매일 운동 실 컷 할 수 있지 않냐고 물어본다. 어이가없다 멋모르고 하는 말이라 웃고 속으로 넘긴다. 오히려 수업하랴 잔업무들 보랴 회원님 관리하랴 운동할 시간도 없는 날도 있다. 운동하려면 정말 부지런해야 한다.

실상 일을 해보면 보기보다 하는 일이 많고 생각했던 거와 달라 3개월도 못 버티고 도망가는 사람들도 많다. 그만두지 않고 꾸역꾸역 버티는 사람들에게 6개월에서 1년 사이가 제일 많이 힘들다. 그 시기가 한 번의 고비로 찾아온다. 나랑 이 일이 맞지 않는 건가 라는 생각이 든다. 일은 일되로 하는데 벌어가는 수입은 고정적이지 않아서 안정적인 삶이 되지 않기 때문이다. 많이 번 달에는 많이 쓰고 작게 번 달은 손가락 빨아야 하는 달도 있다. 누구는 수업하랴 바쁜데 나는 회원복이나 개고 있고 홍보나 나가고 잔 업무들이 하루 일과 시간에 당담처럼 자리 잡혀 있는 것들이 현타로 찾아오기 때문이다. 나도 그 시간들을 겪고 왔고 처음 트레이너 하는 사람들은 누구나 한 번씩 겪을 것이다.

그 시간들을 이겨 내는 과정에 계속해서 나 자신에게 질문을 한다. 나 잘하고 있는 거겠지? 수천번 수만 번 스스로에게 물어보고 또 물어보았다. 그 시간들이 지나는 과정에 느꼈던 여러 가지 감정들, 다들 매출을 끊어내는데 나는 못할 때에 스스로 나 자신을 자책하며 채찍질하고, 나도 잘하고 싶다는 생각 때문에 오히려 반복되는 실수에 느끼는 자괴감과 자책감, 매출 부분이 저조할 때 느끼는 압박감, 전단지 나눠줄 때 느꼈던 모멸감, 열심히 일한 대가로 받는 급여 통장이 가벼운 숫자로 채워져 있을 때 허탈감 그 시간이 지나고 나니 나는 어느새 능구렁이가 되어 수업하고 있는 내가 있었다.

운동이 좋아서 헬스 트레이너 일을 한 사람도 버티기 힘들었을 텐데 나는 운동을 좋아서 하게된 일이 아니었다. 여군이 되고 싶었고, 여군이 될 수 있는 대학에 붙었지만 가족의 권유로 대학 진학을 다시 고민해 수석으로 붙었던 재활의학과로 진학했다. 재미없을 줄만 알았던 재활 공부가 마냥 새롭고 몸에 대해서 알게 된다는 게 신기하고 재밌었다. 대학 졸업 후 꿈꿨던 여군에 대해서 조금의 미련은 있었지만 배웠던 것들을 뒤로 미루고 새로운 걸 도전한다는 게 두려웠다.

사회 나와서 처음부터 바로 트레이너 일을 한건 아니었다. 타 지역인 서울로 상경했고 키 성장 프로그램으로 운영되는 키네스 직장 일을 그만두게 되었고 당장 다음 달 생활비 생각에 마음의 여유가 없었다. 바로 할 수 있는 일을 고민하다 보니 주변에 누군가에 권유로 헬스장이라는 곳에 원서를 넣게되면서 헬스 트레이너 일을 하게된 것이다. 어쩌다 보니 전공 살려서 시작한 일이 트레이너였다. 아무것도 모르는 상태에서 대학 때 배웠던 것만 생각하고 할 수 있을 거란 생각이었다. 어릴 때의 나는 겁이 없었다.

대학 다닐 때 배웠던 마사지 관련 자격증 공부와 스포츠재활 관련 공부, 생활체육지도사 자격공부 뿐만아니라 몸에 관련 여러 가지 헬스 관련 공부와 자격증으로는 턱없이 부족했단걸 깨닫는 데에 얼마 걸리지 않았다

잊고 지냈던 소도구운동 법을 배우기 위해 연수를 다니며 내가 직접 몸으로 느껴보고 사설 교육기관에서 소도구 관련 증명서를 취득하고, 헬스 기구 이름 명칭을 달달 외우고, 사람 몸의 움직임을 공부를 하기 위해 근육학 공부, 스포츠 영양학, 뿐만 아니라 생리학, 운동의 역학, 해부학 등 여러 가지 신체기능과 관련된 지식을 머리에 담기 위해 많은 노력들을 했다. 하지만 공부로만 얻은 지식은 한계가 있었고, 사람마다 관절의 모양과 유연성, 불균형 등의 수많은 변수가 존재하며 내분비와 관련된 생리학, 영양학에서 배울 수 있는 부분에서도 각 사람마다 차이를 보이는 게 인간의 몸이었고, 여러 회원님들을 통해 실무경험을 하면서 느낀 것은 기본적인 부분을 해보지 않고 서는 알 수 없는 게 웨이트 트레이닝 이였던 것이다.

또 한편으로는 나라는 사람의 몸이 보여지는 직업이다, 길거리에 돌아다니면 흔히 보여지는 옷가게들의 옷으로 비유를 하자면, 옷이

이쁘면 사고 싶다는 욕구가 옷가게로 발길로 만들고 문을 열고 들어가 가격을 물어본다. 옷을 입었을 때 매력적이게 보일 나 자신을 생각하며 옷을 산다.

운동도 마찬가지다 어떠한 목적으로 일단 헬스장에 들어서면 나라는 사람의 몸에 대해서 오고 가는 질문과 대답들로 이루어진 상담을 받다 보면 운동을 해야겠다는 생각이 들고 헬스장 안에 있는 트레이너 선생님들의 몸이 눈에 들어온다. 마음속으로 "아 나도 저 사람처럼 몸을 만들고 싶다"라는 생각을 한다. 그렇다 보니 트레이닝을 하는 트레이너는 몸을 만들고 싶어 보이는 대상이 되기 위해 몸을 만들고 대회를 나가고 경력을 쌓고 커리어를 만들어간다.

처음에 나도 좋아해서 하게 된 운동이 아니라 이 일을 하려면 나라는 대상을 매력적으로 보이기 위해 어쩔 수 없기 때문에 해야만 했던 운동이었다. 우리에게 운동이 필요한 이유 100가지를 얘기해보라고 하면 얘기할 수 있지만 그 당시에 어린 나는 운동이 필요한 이유를 알면서도 운동을 좋아하지 않았다. 하루마다 다른 부위 신경 써주며, 무에서 유를 창조해 내는 일처럼 없는 근육 만들기 위해 근육통은 나에게 고통이었다. 뿐만 아니라 골고루 챙겨 먹어야 하는 단백질과 탄수화물 지방 등 식단은 또 얼마나 맛이 없는지, 나조차 먹는 즐거움을 잃어버리고 산다는 게 얼마나 힘든 것인지 아니까 마냥 운동이 즐겁지 않았던 건 사실이다.

23살 어린 마음에 어른스럽게 보이고 싶었고 타 지역에서 잘 살아가는 모습이 고향에 있는 부모님 걱정을 조금이나마 덜어주는 거라 생각했었고 힘든 내색을 내고 싶지 않았다. 지금 생각하면 후회된다.

비만에도 종류가 있다

헬스장에서 수업을 하거나 업무를 보다 보면 많은 사람들이 다양한 목적을 가지고 방문한다

아무 생각 없이 방문하는 사람들도 있고 정해진 금액이 있는 걸 알면서도 금액을 흥정할 생각을 자기고 방문하는 사람, 허리디스크 거나 척주측만증이 있거나 어깨 오십견이 있거나 재활이 필요한 사람들이 오히려 재활병원 추천으로 근육을 키우기 위해 방문하는 사람, 결혼 준비로 웨딩드레스를 입기 위해서 급하게 다이어트하는 사람, 여름에 옷이 얇아 지기 때문에 여름을 준비하려고 방문하는 사람, 고3 졸업하고 새로운 인생을 맞이할 대학교에 들어가기 전 신입생 환영회 때 이뻐 보이기 위해 운동하려는 사람, 살이 많아 다이어트를 위해 운동하려는 사람, 체력이 저조해 근력을 키우려는 사람, 꽝 마른 멸치처럼 마른 몸이 싫어 몸을 키우기 위해 운동하는 사람 이렇듯 다양한 목적을 가지고 헬스장에 오는 사람들이 있지만 운동 목적으로 체지방 감소, 근육량 증가, 체력 증가로 누구나 원하는 바는 비슷하다.

매년 새로운 신년이 찾아올 때 즈음 사람들은 새로운 목표로 다이어트를 생각한다. 하지만 계획대로 헬스장이나 PT샵, 스포츠센터에서 운동을 시작해 남들이 부러워하는 워너비 몸매를 만드는 데 성공하는 사람들은 과연 몇이나 될까. 또는 홈트레이닝을 꾸준히 하는 사람은 몇이나 될까. 처음에는 원하는 몸매를 만들어 자신감 뿜 뿜 하는 미래에 자기 자신을 생각하며 의지가 활활 불타올라 한 달, 3개월, 6

개월, 12개월 꾸준히 할 생각으로 자기만의 기준으로 등록해서 운동을 하다 보면 막상 생각했던 거보다 너무 힘들어서 일주일 열심히 나와 운동하다가 하루하루 지날수록 하루는 피곤해서 빠지고, 하루는 일이 많아서 빠지고, 하루는 약속 있어서 빠지고, 하루는 생리 때문에 배 아프고 찝찝해서 빠지고, 또 하루는 귀찮아서 자기 자신과 타협하며 빠지기도 한다. 운동하는 건 쉽다 다만 제일 어려운 건 꾸준함이다. 꾸준히 운동하는 회원님들을 보면 대단하게 느껴진다.

사람들이 본인 체형 정도는 알고 그에 맞게 운동을 했으면 하는 바람이 있다. 살이 쪘다고 "나 살 빼야 해!", "나 다이어트해야 해!"라고 생각해서 다이어트를 위해 무작정 살을 빼기 위해서 굶는 다이어트를 하지 않길 바란다.

비만에도 종류가 있다.

1. 고지방 음식과 당분이 과한 음식 섭취로 인한 비만.

2. 스트레스나 신경성, 우울증으로 인해서 감정적으로 스트레스를 받게 되면 비정상적으로 단것을 많이 섭취하는 신경성 비만.

3. 많은 사람들에게 사랑받는 빵이나 면요리에 필요한 성분으로 밀과 보리 같은 곡물 속에 존재하는 글리아딘, 글루테닌이라는 복합 단백질로 인한 글루텐 과다형 비만 (반죽을 쫄깃하게 만들어 주기 때문에 풍부한 식감)

4. 과도하게 섭취한 탄수화물이 잉여 에너지로 전환돼서 지방으로 쌓이거나 운동 부족으로 인한 대사성 비만 (만성 변비로도 이어질 수 있기 때문에 섬유질이 풍부한 식사를 하는 것이 좋다)

5. 다리가 자주 붓는 정맥 순환 장애형 비만

6. 신체활동이 거의 없거나 운동이 부족할 경우 지방이 바로 축적되는 비활동성 비만

　본인이 어떤 생활 습관으로 어디 부위에 왜 살이 찐 건지에 대해서는 알고 그에 맞게 운동을 했으면 하는 바람이다.

　회원님들에게 많이 들었던 질문 중 하나가 어떻게 먹어야 하는지 몰라 식단을 짜 달라는 말이었다. 그러면 탄수화물과 단백질, 지방으로 밸런스를 맞춘 식단을 짜서 알려드린다. 그렇게 먹다 보면 분명 맛이 없다 사람이 느끼는 감각중 하나인 미각을 제한하기 때문이다. 짠맛 단맛 매운맛 이런 자극적인 맛으로 스트레스를 풀기도 하고 먹는 것이 하나의 행복이라고 얘기하는 사람들에게는 미각을 제한하면 먹는 것도 운동에 포함이라 맛에서부터 운동에 쉽사리 흥미를 잃어버린다.

　오늘 저녁, 친구들과의 저녁 약속이 있는 날이다. 친구들과 저녁으로 뭘 먹어야 하는지, 운동은 시작했는데 식단도 같이 해야 하는지 고민에 빠지게 되는 순간들이 있다. 누구나 오늘 하루쯤은 괜찮겠지? 라는 자기와 타협을 한다. 맛있는 삼겹살을 먹다보면 괜스레 술한잔이 생각이 나고 이미 먹은거 식단은 내일 부터 잘하면 되지 라는 생각으로 술도 한잔 마신다.

　다음날, 체중계에 올라가 몸무게를 쟀을 땐 체중이 빠져 있다. 체중이 적게 나왔다고 기분 좋아하지 마라 그것은 지방이 빠진 게 아니라

전날에 마셨던 술로 인해 우리 몸에 수분이 빠져 체중이 적게 나온 것이다. 이 사실을 모르는 사람들은 꽤 많을 것이다.

술은 칼로리가 없다고 생각하겠지만 그건 사실이 아니다. 술에도 칼로리가 있다 술을 마시면 살이 찌는 이유는 우리가 하루에 평균적으로 소모하는 하루 칼로리가 있는데 우리 몸에 알코올이 들어오게 되면 우리 몸은 우리 뇌는 알코올이 나쁜 독성으로 인식해 써야 하는 칼로리를 저장하게 되고 알코올을 먼저 에너지로 쓰기 때문에 저장되어있는 잉여 에너지가 계속 축적되기 되고 살이 찌는 원리인 것이다. 그렇다고 해서 술을 먹지 말라는 이야기가 아니다. 조금씩 자주 먹는 거 보단 가끔씩 한번 마실 때 많이 마시는 게 오히려 낫다는 이야기다.

안정감이라고 생각하면 되지않을까요?

배움에는 끝이 없고 시간은 모든 사람들에게 공평하게 흘러간다. 공평한 시간 안에서 사람들은 앞날을 위해 그 자리에서 멈추지 않고 끝없이 배우며 노력한다. 앞으로 나아가고 있는 내 자신을 느낄 때 스스로 나 자신이 대견하고, 만만치 않은 사회에 부딪히며 실패라는 경험들로 상처를 받으며 슬퍼하기도 하고, 누군가를 사랑하게 되면서 사랑이 시작될 때에 느끼는 행복한 감정과 이별이 주는 아픔의 시간들이 있다.

다양한 시간 속, 반복되는 일상에 무기력한 하루가 계속 되면서 쳇바퀴처럼 오른쪽으로 내려갔다 왼쪽으로 올라오는 반복되는 시간들이 내가 시간을 보내고 있는 건지 시간이 움직이는 되로 내가 움직이는 건지 의문이든다. 어느날처럼 반복된 일상이 무기력하게 느껴질 때 같이 일하는 동료에게 물었다.

"내일이 예상되는 일상이 재미가 없네요"

'왜 그렇게 생각해요'

"하루가 너무 뻔하게 흘러가니까 지겹기도 하고 요즘은 사는게 낙이 없는거 같아서요"

'음⋯⋯. 안정감이라고 생각하면 되지 않을까요? 똑같은 일상을 지낼수 있다는 안점감이요.'

돌아오는 동료선생님에 대답에 아차 싶었다. 나는 왜 그런생각을 못하고 있었을까.

조금만 바꿔 생각하면 아무 문제가 되지 않는 것을 나도 모르게 모든 순간을 문제로 만들어 내 생활을 힘들게 만들어 놓고 있었다. 매일 같은 길을 걷고, 같은 말을 하는 같은 시간들 이라 해서 소중하지 않은 건 아니었는데 말이다. 돌이켜 생각해보면 헬스 트레이너 일을 하며 사람을 상대하는 일은 나에게 세상은 만만하지 않다는 걸 알려 주었고, 뜻대로 되지 않아 많이 울기도 울었고, 뜻밖에 사랑에 많이 웃기도 하며, 어제보다 오늘 더 앞으로 나아가 있는 나의 모습을 마주할땐 대견했으며 보람 있는 날들을 보내왔다. 앞으로도 많은 사람들을 만나며 배워갈 이 세상이 이제는 마냥 두렵지만은 않다. 언제나 그렇듯 난 헬스 트레이너 일이 좋다.

그 시간 속에서 로즈메리는,

정나리

정나리

전) 국민학생 시절, 동네 책방에서 발견한 [안네의 일기], [캔디 캔디]에 심취함.
종일 쪼그려 앉아 읽으며 과도한 몰입을 한 나머지 테리우스를 기다렸으며,
일기장엔 '키티'가 등장함.

현) 동갑내기 재미교포와 결혼한 #워킹맘 그리고 아직은 소녀감성을 간직한
#두아들맘

혼자만의 생각과 상상을 활자로 옮겨놓는 작업이 이렇게나 큰 고통을 수반한다는
것을 처음 알게 되었습니다.
하지만 그 과정에서 행복과 쾌감을 느꼈다면, 나 계속 써봐도 되는 거겠지요?
그 시작에 영감을 준 로즈메리와 롱메이 부부에게 사랑과 감사의 마음을
전합니다.

God bless you all ♥

"로즈메리! 기운 내! 넌 할 수 있어. 뭐든지 다 할 수 있어!"

- 엄마…. 엄마…. 잠깐만…. 엄마…!!!

"승객 여러분, 잠시 후 이 비행기는 디마푸르(Dimapur) 공항에 도착하겠습니다. 승객 여러분께서는 안내 전까지 자리에서…."

긴 침묵을 깨고 승무원의 안내 목소리가 들렸다. 동시에 그녀의 검지와 중지 사이에 간당간당하게 달려있던 볼펜이 '탁' 소리를 내며 기내 바닥으로 떨어졌다. 그녀는 살며시 눈을 떴다.

'아…. 내가 잠들었었나…?'

그녀는 엄마를 부르는 꿈을 또 꾸었다. 매일 똑같은 꿈. 꿈속에서도 엄마는 그녀에게 늘 용기를 주었지만, 멀리멀리 멀어져가는 듯한 느낌에 그녀는 항상 불안해하며 깨어났다. 하지만 거의 같은 꿈들이기에 이젠 익숙하다. 너무나 깊은 숙면 속에서 또 엄마를 만났다. 통제할 수 없이 무거워진 머리는 한쪽으로 점차 기울어졌고, 그녀의 입술

끝에는 침이 고일 만큼 고여 줄줄 흘러내리고 있었다.

"쓰읍"

비행기 내 차가운 공기 때문에 카디건을 입길 잘했다고 생각했다. 카디건 소맷자락을 손가락 끝부분까지 당겼다. 그다음 엄지손가락으로 옷깃을 꾹 누르고, 입술 양옆에 고였던 침을 닦아냈다. 어디서나 잘 자고 뭐든 잘 먹는 아주 긍정적인 성격의 그녀였다. 좁고 불편한 비행기 좌석에서도 꽤 오랫동안 자고 일어났다.

"아…. 어깨야...."

계속 머리를 한쪽으로 기울이고 잠든 탓에 왼쪽 어깨가 아팠다. 아픈 어깨를 부여잡고 고개를 천천히 움직였다. 움직이던 머리를 멈출 만큼 그녀의 초점에 잡힌 창문 너머의 그곳을 응시했다. 동시에 많은 생각이 들었다.

'후……. 드디어........'

***

그녀는 비행기에서 내릴 시간이 다 되어 갈수록 긴장된 표정을 감출 수 없었다. 나갈랜드를 떠나온 지 10년째. 10년 전, 나갈랜드에서 가장 먼 그곳, 뭄바이(Mumbai, 인도의 지역명)로 떠났다. 그곳은 듣던 대로 나갈랜드와는 비교도 안 될 큰 도시였다. 지나가는 곳마다 큰 사원들이 즐비했고, 건물마다 얼굴이 네 개, 다리가 네 개 달린 신의 형상을 한 모형이 붙어 있었다. 특별하게 뭐가 있다고 말할 수 없는 작은 도시 나갈랜드를 떠나 영국 식민지였던 시대를 대변하듯 유럽 문화가 공존해있는 뭄바이를 가니 완전히 다른 세상에 온 것 같았다.

뭄바이는 온갖 나라들의 지배로 인해 수많은 문화가 자리 잡혀 있다. 북적이는 사람들과 문명의 혜택이 있던 도시 가운데에 있으니 비로소 진짜 인도를 만난 듯했다. 그녀는 성인이 되자마자 비록 도망치듯 뭄바이로 왔지만 이렇게 떠나오길 잘했단 생각이 들었다. 그녀가 살았던 나갈랜드는 인도에서 종교적 독립을 해 90%가 넘는 기독교인들로 구성되어 있고, 술도 금지되어 있다. 나갈랜드와 달리 확연히 다른 모습의 뭄바이가 그녀는 신기하기만 했다. 인도 전체 지도의 가장 우측 작은 땅콩 모양이 나갈랜드, 나갈랜드의 가장 반대편 끝에 바다와 맞닿아 있는 커다란 도시가 뭄바이다.

그녀는 뭄바이에서 대학교에 다녔고, 졸업 후 선생님이 되었다. 선생님만큼은 절대 하지 않겠다고 마음먹었었다. 누구처럼 살고 싶지 않았기 때문이다. 온전히 혼자가 되고 싶었다. 그 누구도 의지하고 싶지 않았다. 그 누구도 나를 모르는 곳에 가고 싶었다. 하지만 마음 한쪽에 늘 허전함이 자리 잡았다. 그렇게 자신도 모르게 무언가에 이끌리듯 그녀는, 선생님이 되었다. 먼 곳에서 자신만의 인생을 시작하고 싶었던 그녀가 다시 돌아갈 수밖에 없는 그곳을 향해…. 다시 모든 짐을 다 싸서 비행기에 올라타기까지 10년이 걸렸다. 나갈랜드에서 완벽히 벗어나고 싶었지만, 매일 그녀는 꿈속에서 나갈랜드에 살았다. 뭄바이로 가야만 했다. 하지만 나갈랜드를 결코 잊을 순 없었다. 단

하루도 잊을 수 없던 곳. 잊고 지내기 위해서 그곳을 도망치듯 나왔지만, 결국 이렇게 돌아오게 되었다. 아니, 사실은 처음부터 떠나고 싶지 않았던 것일지도 몰랐다.

*　*　*

　인도 나갈랜드의 유일한 디마푸르 공항. 비행기는 하루에 한 대만 들어오고 나간다. 아주 가끔 두 번. 나갈랜드는 인도에서 가장 작은 주(지방 행정 구역)이지만, 그중 제일 독립적이고, 인도의 대표적 종교의 강제성이 거의 없는 곳이다. 그래서 외국인 선교사들을 비롯해 많은 교회가 이 지역에 자리 잡고 있다. 또한 인구의 3/4이 대부분 화전 농업이나 벼농사를 짓고 있다. 인도의 주 중에서 가장 독립적이지만, 다르게 말하면 고립된 곳이라 할 수 있는 나갈랜드. 수십 년 전부터 들어온 영어권 선교사들의 영향으로 많은 사람이 영어를 사용할 수 있다. 하지만 교육을 받을 수 있는 환경에 놓인 아이는 극히 드물었다.

　이곳 나갈랜드의 롱메이 부부는 남달랐다. 나라의 발전과 생활환경의 개선을 위해서는 반드시 '교육'이 답이라고 생각했다. 롱메이의 아버지로부터 그 신념을 물려받았다. 그리고 이 학교도 물려받았다. 아버지는 아이들의 교육 수준이 발전될수록 나라가 발전 할 것이라 했다. 하지만 그 생각과 달리 학교는 잘 운영이 되지 않았다. 롱메이 부부는 '교육'의 중요성에 대해 아버지와 같은 뜻이 있었기에 본인들의 생활이 아무리 어려워도 학생들을 위해서는 지나치다 싶을 정도의 헌신과 노력을 기울였다. 학교의 학생들이 교육을 통해 더 나은 삶을 살아갈 수 있길 바라는 마음이었다.

하지만 인도는 계급사회다. 아직도 부정부패가 심각하다. 이곳에서 '교육'이란 것에 희망을 품기는 참 어려웠다. 부모들은 아이들을 학교에 보내지 않기 일쑤다. 오히려 농사가 우선이다. 부모의 일터에서 일을 도와주어야 하므로 결석을 하는 것쯤은 당연한 일이었다. 또한, 학교를 가든 안 가든 상관없다 생각하는 생활 환경 속의 아이들이 많았다. 학교의 회비가 없어 다음 달에 당장 나오지 못하는 아이들, 그 비용이 없어 아예 학교에 다니지 못하는 아이들도 많다. 학교라는 곳이 그들에게 그다지 중요한 곳이 아니다. 이들은 더 나은 미래를 꿈꾸기보단 당장 오늘 하루를 살아가야만 했다. 또한, 아이들이 가정경제에 어릴 때부터 이바지해야 한다는 생각이 우선이다.

이렇게 열악한 환경에서 롱메이 부부가 당장 먹고사는 일 보다 교육의 중요성을 지속해서 외치기는 매우 어려웠다. 그래도 그들의 신념은 굽혀지지 않았다. 학비를 내지 못하는 아이들도 계속해서 다닐 수 있도록 장학금 제도도 마련하고 온갖 다른 방안을 모색했다. 하지만 현실은 롱메이 부부 본인들의 월급은커녕 생활비도 마련하기 어려웠다. 모든 것이 역부족이었다.

***

롱메이 부부의 유일한 취미는 꽃을 가꾸는 것이다. '어떠한 환경'에
서도 꿋꿋이 자라나는 꽃들을 보면 힘이 나곤 했다. 어떠한 환경이란
도저히 '식물이 자랄 수 없는 환경'이라고 말할 수 있다.

나갈랜드는 저녁 7시만 되면 집마다 쓰레기를 태운다. 쓰레기 소각
장을 각 집에서 대신하여 모든 것을 다 태워버린다. 타는 것이면 무엇
이든. 특히 플라스틱을 태울 때면 특유의 냄새와 함께 도저히 마시면
안될 것 같은 연기가 동네마다 즐비하다. 이들에겐 모든 것이 자연스
럽다. 갓난아기를 등에 업고 쓰레기를 태운다. 롱메이 부부가 집마다
돌아다니며 이런 연기를 마시면 몸에 해롭다고 말을 하지만 그렇다
고 해도 별다른 방도가 없다. 쓰레기를 집에 모으고 있으니 태운다는
생각이다. (그렇다고 해서 깔끔한 환경은 절대 아닌데도 말이다)

이처럼 '꽃이 잘 자랄 수 없는 환경'에서도 학교 화단에 씨를 뿌리
면 푸릇푸릇 잘 자라나는 꽃들을 보며 부부는 팍팍한 현실을 잠시나
마 잊을 수 있었다. 작은 씨앗이 새싹이 되고, 뿌리를 내려 자라 나와
피운 꽃을 보면 마냥 행복했다.

롱메이 부부에게 오랜 시간 동안 아이가 생기지 않았지만, 꽃과 함
께 하는 이 시간이 그들의 허전한 마음을 대신했다. 또한 학교를 운영
하느라 너무나 바쁜 시간을 보냈다. 롱메이 부부는 학교 아이들이 자
식이라 생각하며 최선을 다해 가르치고, 헌신했다. 하늘이 이들 부부
에게 더 큰 사명이라도 맡기는 듯 여러 상황으로 인해 몇몇 아이들이

학교에서 지낼 수 밖에 없는 일들이 일어났다.

로즈메리는 공항에서 내려 택시를 탔다. 비포장도로를 달리며 생각했다. 스무 살이 되기 전까지 이곳 나갈랜드에서 쭉 자랐지만, 나갈랜드를 잡아먹는 듯한 이 먼지들이 적응되지 않았다. 자동차가 달리면 바닥의 흙먼지들이 목적지에 도착할 때 까지 따라온다. 어떤 도로에서는 마치 흙먼지 토네이도에 들어가 있는 것 같은 모양새이다. 바깥 활동이 많은 날엔 덥고 습한 기후 속의 흙먼지와 몸이 하나가 된다. 샤워하면 구정물이 몸에서 흘러 내려온다.

그녀는 왼쪽 두 번째 손가락으로 자신의 콧잔등을 비비며 생각했다. 사실은 긴장이 되면 항상 하게 되는 습관이다.

' 휴⋯. 이 먼지들 여전하네..'

"그럼 당연하지! 나갈랜드가 어디 갔겠어? 너 긴장하지 마! 로즈메리! 용기 내. 넌 뭐든 할 수 있는 아이야!"

순간 흠칫하며 뒤를 돌아보았다. 비포장 공터에서 축구 시합 전 긴장되어 콧잔등을 비비는 로즈메리를 보면 늘 엄마가 소리치던 말이다. 할 수 있어 로즈메리!! 엄마 목소리가 들리는 것 같다.

자신도 모르게 불쑥하는 행동을 보며 생각했다.

'하⋯⋯. 긴장을 좀 했나 보군.'

그녀는 '난 이곳을 떠날 거야'라고 되뇌었던 어린 시절 바람대로 나갈랜드를 떠났다. 하지만, 다시 돌아왔다.

10년 만에, 이곳, 나갈랜드로.

3학년의 A가 학교 수업이 모두 마쳤는데 집에 가지 않고 있다. A의 집은 학교에서 걸어서 2시간이 떨어져 있다. 걸어서 갈 수 밖에 없는 곳이다. A가 타고 갈 마땅한 교통수단이 없고 비포장길이 험해서 자전거도 타기 어렵다. 걸어가다 보면 소 떼들을 자주 만난다. 나갈랜드가 인도에서 가장 독립적인 곳이지만 소 떼들을 만나면 그들이 지나갈 때까지 기다린다. 하지만 어두워지면 소뿐만이 아니라 다른 위험한 동물이 나타날지도 모른다. A가 해가 저물기 전 집에 도착하려면 지금 빨리 출발해야 한다. 롱메이 부인이 A에게 물었다.

" A, 무슨 일 있니? "

" 집에 가기 싫어요."

" 혹시 무슨 일인지 물어봐도 될까?"

" 집에 가도 아무도 없어요... "

이런 일은 다반사다. 이 학교에 오는 대부분의 아이가 한부모 가정에서 자랐다. 부모가 아이를 집에 놔두고 멀리 갔다 온다고 오랜 시간 집을 비우는 경우가 많다. 일하러 갔거나, 아이를 두고 갔거나. 집에 전화가 있는 곳이 드물기 때문에 사고가 나도 즉시 연락조차 할 수도, 받을 수도 없다. A는 몇 달 동안 오지 않는 아버지를 기다리며 혼자 지냈다. 롱메이 부인은 마음이 아려왔다.

몇 주 전에는 이런 일이 있었다. 나흘 동안 1학년의 B가 학교에 오지 않아 롱메이 부부가 B의 집으로 찾아갔다. B는 할머니와 단둘이

사는 아이였다. 롱메이 부부가 도착했을 때 문 앞부터 이상한 느낌이 들었다. 문을 두드려도 인기척이 없었다. 문을 열고 들어갔더니 B는 할머니 옆에 누워서 잠이 든 상태였다. 하지만 B의 할머니는 숨을 쉬지 않았다. 이미 방 안에는 시체가 부패 되어 지독한 냄새가 진동했다. 그러고 보니 얼마 전 B가 학교에서 지나가며 인사하는 나에게 이런 말을 했다.

" 안녕하세요 선생님!"

" 안녕! B! 키가 어느새 또 컸구나~ 할머니 잘 계시지?"

" 네! 그런데요. 할머니가 자꾸만 잠을 많이 자요. "

" 어~ 그렇구나, 할머니께서 많이 피곤하셨나 보 구나."

순간 그 대화가 생각이 났다. 롱메이 부인은 아차 싶었다. 그렇게 그냥 넘길 대화가 아니었던 것이다. 그녀는 가슴이 찢어지는 듯한 아픔을 느꼈고, 금세 미안함과 후회가 섞인 눈물이 차올랐다. 롱메이 부부는 할머니의 장례식을 치러 드렸다. B는 영양실조로 거의 쓰러져 며칠 동안 일어나지 못했다.

어느 날은 C의 엄마가 학교로 찾아왔다. 롱메이 부부에게 아이를 잠깐만 맡아달라고 했다. 본인은 지금 키울 능력이 되지 않기에, 돈을 벌어서 꼭 데리러 오겠다고 했다. C는 아무 말도 하지 않고 엄마 옆에 가만히 서 있었다. 며칠 뒤 C는 엄마가 자기를 데리러 오지 않을 거라고 말했다. 롱메이 부부도 그런 생각이 들었다. 아이도 그것을 느꼈던것이다.

이렇게 모이다 보니 집에 가지 못하는 아이들이 15명이 되었다. 롱메이 부부 집에서 다 같이 지내기에는 공간이 턱없이 부족했다. 아이들을 학교 근처 교회 마룻바닥에서 재우는 것도 한계가 왔다. 결국 학교 교실 두 개를 남녀 기숙사로 만들어 사용하기로 했다. 너도나도 기숙사에서 함께 지내고 싶어 했고, 집이 있어도 가지 않고 학교에 있는 아이들이 10명 더 늘어 25명이 되었다. 방학이 되면 그 10명은 각자 집으로 보낼 수 있었다. 하지만 모두 가정형편이 너무나 어려운 아이들이었다. 차라리 학교에 있는편이 더 나았다. 그런 아이들을 아무도 없는 집에 다시 돌려보낼 수가 없었다. 롱메이 부부는 결심해야 했다. 지금 있는 아이들이라도 잘 돌보기 위해서 더 수용은 어려워졌기에 공고를 낼 수 밖에 없었다.

　　[더는 학교에서 아이들을 수용하기 어려우니, 다음에 다시 문의해 주시기 바랍니다. 죄송합니다.]

***

　　롱메이 부부는 고민 끝에 학교 입구에 커다란 박스를 놓아두었다. 학교가 경제적인 어려움에 계속해서 부딪히자 급기야 롱메이 부부는 이 방법을 생각할 수밖에 없었다.

　　[혹시 이곳에 있는 천사들이 생각 나실 때 당신이 도와줄 수 있다

면 물품으로 후원을 부탁드립니다.]

아이들을 배고프게 할 수가 없었기 때문이다. 한창 자라나는 아이들이기에 늘 음식이 부족했다. 더 배부르게 먹일 수 없어서 롱메이 부부는 항상 미안했다. 도움을 청하는 이 메시지와 함께 박스를 두었더니 점차 도움의 손길이 나타나기 시작했다. 어느 날은 날계란 몇 개, 입지 않는 옷 몇 가지들, 감자 몇 개 등 조금씩 도움을 주는 분들이 생겨났다. 하루는 닭 한 마리가 입구에 묶여 있기도 했다. 정말 감사한 일이었다. 아이들은 사과 한 쪽이라도 나누어 먹으며 감사해했다. 학교 아이들의 이야기가 동네에 퍼져가며 도움을 주려는 마음들이 생겨났다.

그러던 어느 날이었다. 학교 앞에 계란을 실은 트럭이 주차했다. 계란 장사였다.

" 거, 여기, 학교 담당자 누구요?"

" 네 저예요. 안녕하세요. 어떻게 오셨나요?"

롱메이 부인이 대답했다.

" 여기 이거, 이 계란들"

" 아.. 죄송합니다. 저희가 지금은 살 수가 없어서요. 죄송합니다.. 다음에 꼭 다시 들려주세요."

" 그게 아니고, 이거 다 여기 내려놓으시오. 나는 이거 이제 어차피 팔 수가 없소. 계란 날짜가 내일까지라서, 팔지 못하게 되었으니 다 가져가서 여기 애들 배불리 먹이시오."

"......"

롱메이 부인은 할 말을 잃고 서 있었다.

" 거, 뭐 하고 있어? 나 시간 없어!"

" ..네..? 아...! 얘, 얘, 얘들아~~~!!!!!!!!!!"

기적은 이렇게 갑자기 찾아와서, 정신없이 지나가 버리나보다. 롱메이 부인은 너무 당황해 고맙다는 말도 미처 하지 못했다. 아이들이 달려 나와 한 판씩 조심스레 학교 안으로 옮겼다. 계란 장사꾼이 어차피 팔지 못하는 계란이라 했지만, 이건 분명 기적이었다. 사과 한 쪽도 이들에게는 기적이다. 하지만 아이들을 배불리 먹이라며 주고 간 그 계란은 기가 막힌 타이밍이었다. 말로 표현할 수 없을 만큼의 벅찬 감동이 밀려왔다.

"선생님! 아저씨! 정말정말 감사합니다!!"

"너무 맛있어요!!!"

맛있게 먹는 아이들을 보니 행복하다. 이러한 기적의 타이밍으로 인해 롱메이 부부는 잠시나마 현실의 걱정을 내려놓을 수 있었다. 살아가며 이보다 더 감사하고 아름다운 상황이 또 있을까? 어려움을 함께 겪고 이겨내며 점차 가족이 되어 간다고 생각했다. 이 상황 속에서 감사와 사랑을 배워가는 아이들이 있다면 무엇이든 할 수 있을 것 같았다. 비록 현실은 늘 배고픔과 가난에 허덕이지만 말이다.

학생을 받지 못한다는 공고를 낸 후 마음이 많이 불편했기에 하루 빨리 또 다른 기숙사를 마련해서 더 많은 아이가 올 수 있게 하고 싶었다. 갈 곳이 없는 아이들은 더욱더 많아졌다. 그중 학비를 낼 수 있는 아이들은 계속 줄어들었다. 더는 학교의 수입으로는 학교를 운영할 수가 없었다.

롱메이 부부는 학교 밖에 기숙사 시설을 만들어야겠다고 결심을 했지만, 현재 실정에서는 도저히 불가능이었다. 학교 건물조차 완성이 되지 못한 채로 운영이 되고 있었기 때문이다. 총 4층 높이의 학교는 완성되었다고 하기엔 너무나 부족한 모습이다. 건물 외벽은 아직 세워지지도 못했다. 아주 길지만 휘청휘청한 대나무가 4층 높이까지 토대만 세워져 있고, 교실에는 시멘트로 겨우 칸을 만들 수 있었다. 한 번에 건물을 다 완공하지 못했다. 돈을 조금씩 모아서 벽 하나를 세운 후 한참 시간이 흘러버린다. 또다시 조금 모인 돈으로 한쪽 벽면을 페인트칠한다. 그래서 학교 건물의 색깔은 총천연색이다. 매우 얼룩덜룩 하다는 뜻이다. 이런 상황에 또 다른 기숙사 건물은 꿈도 못 꿀 일이다.

롱메이 부인이 근심 걱정을 한가득 안고 화단에 핀 꽃에 물을 주고 있었다. 자신도 모르게 한숨이 푹푹 나왔다. 꽃을 돌보고 있을 때는 걱정을 잠시 덜어 놓는 느낌이었는데 이번만큼은 달랐다. 아이들이 당장 지낼 곳을 마련하는 게 시급했다.

" 음음…. 허허 안녕하시오? "

그때 백발의 한 노인이 화단 앞에 서서 헛기침과 함께 인사를 건넸다. 이 동네에서는 한 번도 본적 없는 얼굴이다. 옷과 신발은 그다지 깨끗하진 않았지만 깔끔한 느낌이 든다.

" 아, 네 ~ 안녕하세요~? 누구 데리러 오셨나요?"

롱메이 부인은 반가운 얼굴로 노인을 맞이했다.

" 아니요. 지나가다가 어디선가 꽃향기가 나길래 한번 들어와 봤소. 나갈랜드에서 꽃은 잘 찾아볼 수 없었는데 말이오. 도심에는 온통 먼지와 쓰레기 태우는 연기 냄새에 찌들어 있었는데 꽃향기가 나니 안 들어와볼수가 없었소."

" 후후 네 ~ 잘 오셨어요. 꽃향기 참 좋죠. 어르신? "

" 좋다마다. 실례가 안 된다면, 한 송이만 줄 수 있소? 집에 가져가서 보고 싶어서."

" 그럼요 ~ 어르신"

롱메이 부인은 금세 다발을 만들어 노인에게 건네었다.

" 아니 이렇게나 많이 줘도 되겠소? 이 귀하고 예쁜 것을."

롱메이 부인이 빙그레 웃음 지으며 대답했다.

" 그럼요, 이 아이들이 금방 또 잘 자라나거든요. 일주일만 있으면 또 한가득 피어나요."

" 시장에 가져가서 이걸 한번 팔아보는 건 어떠오?"

" 네?"

" 다 잘 될 거요. 걱정하지 말고 모든 것을 진행하시오. 꽃들을 위해서. 걱정은 내려놓고, 끝까지 이 꽃들을 잘 돌보아 주시오."

" ...네?"

" 그럼 이만"

노인은 알 수 없는 말을 하고는 자리를 떠났다.

" 아 참, 고맙소. 내 이 꽃값은 꼭 치르리다."

뒤돌아서 노인은 한마디를 더 남겼다.

롱메이 부인은 잠시 꿈을 꾼 듯했다. 처음 보는 노인이 꽃에 대해 알 수 없는 말을 하고 떠났다. 그녀는 곰곰이 생각하게 되었다.

'꽃⋯⋯. 꽃⋯⋯. 시장⋯⋯..'

"!?"

롱메이 부인이 무릎을 '탁' 쳤다. 희망이 없을 때 유일한 희망은 희망을 품는 것이라고 했던가. 아무것도 보이지 않는 길 위에서 그토록 간절히 바랐던 희망이 보이기 시작했다. 나갈랜드에서 시장에 꽃을 파는 일이 드물었기에 롱메이 부인은 노인의 말이 즉시 이해가 되지 않았다. 하지만 금세 해답을 얻었다. 그녀는 생각했다. 그 노인이 혹시 천사가 아니었을까..? 꼭 다시 볼 수 있기를 바라며, 그날엔 꼭 고맙다고 말해야겠다는 다짐을 했다.

그 이후로 아이들과 롱메이 부부는 화단에 물을 주는 일이 더욱더 확실한 목표 속에서 너무나 즐거웠다. 이제 롱메이 부부는 아이들과 꽃을 예쁘게 가꾸어 주말이면 시장에 나가 꽃을 팔기 시작했다. 그때부터 *[작은 꽃들의 학교(little flower school)-리틀플라워스쿨]* 이라고 불리기 시작했다. 그리고 아이들은 *[작은 꽃-리틀 플라워]* 라고 불렸다. 그렇게 불릴 때 아이들은 정말 기분이 좋았다. 마치 자신이 굉장히 소중한 존재가 된 것 같았기 때문이다.

***

롱메이 부부는 아이들과 함께 지낼 수 있게 집을 개조했다. 낮은 단층에 남자아이들 방 1, 여자아이들 방 1, 식사를 준비할 수 있는 부엌을 만들고, 모두가 같이 사용하는 공용 화장실을 지었다. 벽은 대나무를 촘촘히 세워 놓았다. 하지만 아무리 촘촘하게 세워놓아도 대나무 사이로 바람이 슐렁슐렁 들어온다. 나갈랜드에 추운 날이 길진 않지만, 혹여나 춥기라도 한 날엔 방 안의 기온이 많이 떨어진다. 바람이 많이 부는 날에는 특유의 소리가 밤새도록 들린다.

-희~~~~이~~~~~~~

-휘……. 휘……. 휘이~~~

이렇게 바람이 부는 날을 아이들은 제일 싫어한다. 그 소리가 마치 귀신 소리 같아 밤새 잠을 못 자기도 한다.

비가 내리는 날엔 좀 다르다.

-탁, 탁, 투닥, 타다다닥

-타닥 타닥 타닥

빗소리가 드럼 소리 같다. 북소리 같기도 하다. 함께 듣는 재미에 아이들은 밤새 잠을 안 자기도 한다.

아이들이 자는 방은 2층 침대로 되어 있다. 나무판자로 겨우 침대들을 만들어 놓았다. 한 명이 움직이면 "삐걱" 소리에 모두가 잠에서 깨어나야 했다. 그래도 "하하 호호" 웃음소리가 끊어지지 않는다. 잠을 못 자거나 안 잘 수 있는 이유는 더더욱 많았지만, 그들은 함께 있어서 행복했다.

교내 기숙사에는 방학 때라도 집에 갈 수 있는 아이들이, 정말 어디도 갈 곳 없는 아이들은 롱메이 부부와 같은 집에서 지냈다. 롱메이 부부는 선생님이지만, 마치 그들에겐 엄마, 아빠 같았다.

화창하고 맑았던 어느 날 아침 모두가 수업 중이었다. 학교 1층 바깥 공용 화장실을 다녀오던 A가 소리를 지르며 롱메이 여사에게 뛰어왔다.

"선생니이이이임!!!"

A는 숨을 헉헉 몰아쉬며 뒷말을 잇지 못했다.

"서, 서, 선생님!"

"그래그래 A, 무슨 일이야? 진정하고 말해봐."

"저, 저, 저기!"

"저기?"

"사, 사람이!!"

"사람?"

"박스에! 헉헉"

"저기, 사람이, 박스에?"

롱메이 부인이 그제야 학교 입구로 뛰어갔다. 박스 안을 들여다보니, A의 말대로 새하얀 포대기에 아기가 싸여 있었다. 그 아기는 방긋방긋 웃고 있었다. 이게 무슨 일인가 싶었다. 여태까지 학교를 와야하는 나이의 아이를 맡기는 부모는 보았지만, 이렇게 갓난아기를 놓고 간 적은 없었다. 롱메이 부인은 기가 찼다. 이 일을 어떻게 해야 할지 몰랐다. 그때 남편 롱메이 씨가 따라 나왔다. A에게 이야기를 전해 들은 것이다.

"여보, 일단은 데리고 들어갑시다."

"아…. 그래요."

아기를 들어 올렸더니 가방이 하나 놓여 있었다. 롱메이 부부는 아기와 가방을 가지고 사무실로 들어왔다.

아기 젖병, 분유, 손수건 몇 개, 봉투 속에 돈뭉치, 그리고 편지가 들어있었다.

[안녕하세요, 선생님. 저는 이 아기의 엄마…. 입니다. 엄마라고 불릴 자격이 있지도 않겠지만요.

두 분은 저를 모르시겠지만, 저는 선생님을 알고 있어요. 시장에서 꽃을 판매하고 계신다는 이야기를 전해 듣자마자 꽃을 사러 갔었어요. 그땐 이 아기가 제 배 속에 있었답니다.. 혹시 만삭이었던 저를 기억하실까요?]

롱메이 부인은 생각이 났다. 임신한 예쁜 여자가 환한 얼굴과 함께

꽃 한 다발 달라고 했다. 얼굴이 해처럼 빛나 보였다. 슬픈 눈망울이
었지만, 밝아 보였다. 그래서 기억에 많이 남았다. 꽃과 참 잘 어울린
다고 생각했었다.

*[한 번 더 꼭 직접 뵙고 인사 드리려고 했는데, 두 분께 이 편지가
무사히 전달이 되었을 때에 저는 이미 이 세상에 없는 사람일 수도
있어서요. 아버지께 꼭 부탁드렸어요. 이 아기가 태어나면 꼭 여기에
데리고 가 주시라고.*

*저를 낳을 때 저의 엄마는 저를 살리길 선택하시고 본인은 돌아가
실 수 밖에 없었다고 해요. 아버지께서 저를 혼자서 키우셨는데, 가끔
은 '그때 나를 선택 하지 말았어야지 '라는 생각도 했어요.*

*나를 키우는 아빠가 힘들어 보일 때가 있었거든요. 엄마 없이 키운
다는 말을 안 들으려고 부단히 노력하셨는데, 저는 그 마음을 몰라드
릴 때도 많았던 것 같아요. 어느 순간 혼자서 저를 키우는 아빠가 싫
더라고요.*

*그 상황이 싫어서 어른이 된 후 무작정 이곳을 떠나버렸어요. 태어
나서 처음 아빠를 떠나 뭄바이로 갔어요. 작은 아시안 음식점에서 일
하며 많은 사람과 부대끼며 살았어요.*

*그러다가 방글라데시에서 온 남편을 만났고, 아기가 생겼다는 것을
알게 되었어요. 힘들었던 지난 시간은 다 지나가고 이제 행복할 시간
만 있을 거라 생각하고 있을 때쯤 남편이 갑자기 사라졌어요. 계속해
서 기다렸어요. 그런데 아무리 기다려도 오지 않았어요.*

알고 보니 방글라데시로 다시 돌아갔고 거기에 이미 가정이 있는 사람이었더라고요.]

롱메이 부인은 편지에서 눈을 잠시 뗐다. 아기를 바라보았다. 아기는 여전히 방긋방긋 웃고 있다.

'이게 무슨 일이니, 아가야.. 가여운 것..'

롱메이 부인은 다시 편지를 읽기 시작했다.

[선생님, 행복이 무엇인가요? 행복이라는 게 있긴 한 건가요? 산다는 게 무엇일까요?

잘 모르겠어요, 그런데 저,, 저 정말 살고 싶어요. 아기가 있기 전엔 살고 싶지 않을 때가 많았는데 이젠 달라졌어요. 생명의 힘이 이런 건가 생각이 되어요. 내 안에 있는 이 아기를 생각하니 제가 살고 싶은 거예요.

이 아기를 생각하면 가끔 슬프기도 하지만, 행복하기도 한 것 같아요. 꼬물거리는 그 느낌이 생명이구나, 내가 이 아기를 지켜줘야 하는 거구나 그런 생각이 들었어요. 그 느낌이…. 그것이 혹시 진짜 행복이라는 것인가요? 그렇다면 저는 꼭 이 아기를 지켜줘야 하는 거잖아요. 엄마가 아기 옆에 있어 줘야 하는 거잖아요.

엄마 없이 이 아기는 행복 할 수 있을까요? 태어났을 때부터 엄마가 없었던 저는 엄마가 너무 필요했거든요.. 엄마가 없어서 나는 행복하지 않은 거라 생각하기도 했거든요. 도대체 엄마가 무엇인지 모르겠지만, 이 아기를 위해서라도 저, 살고 싶어요…. 선생님.

일주일 전 병원을 갔었어요. 아랫배가 너무 심하게 아파서 갔더니 검사를 하더라고요. 자궁 속에 악성 혹이 있어 이것이 아기의 목숨을 위험하게 하고 있다고 하네요. 그 혹을 떼어내리면 한 달 안으로 아기를 꺼내야만 하는데, 그 과정이 위험해서, 많은 출혈로 인해 저는 죽을 수도 있대요. 그 혹을 안 떼어내면 결국 저희 둘 다 위험하고요...

듣는 순간 번쩍 생각이 들었어요. '나는 엄마다.' 참 재밌죠..?

맞아요, 선생님 저 엄마라서요. 이 아기 살려야 해요. 아기라도 살려야 해요. 그때 비로소 제가 정신을 차린 것 같아요. 처음으로, 정말 태어나서 처음으로 진짜 이루고 싶은 목표가 생겼다고 해야 하나? 저는 이제 단 한 가지 목표밖에 없어요.

이 아기 무사히 살리기. 잘 태어나서, 잘 살 수 있게 내가 준비해주기. 내가 없을 때에도 살아갈 수 있게 하기.

그래서 이 편지를 쓰는 중입니다. 선생님 우리 아기를 부탁드립니다…. 부디 선생님 자식으로 받아주세요. 무턱대고 이렇게 말씀드려 정말 죄송합니다..

아버지가 어느 날 꽃을 한 다발 가져오셨어요. 그날도 아랫배가 너무 아파서 끙끙거리고 있었는데, 꽃을 보는 순간 마음이 편안해 지더라고요. 어디서 가져오셨냐고 하니, 이 학교를 말씀해주셨어요. 그래서 알게 되었어요. 제 아버지.. 누군지 기억나시죠..?

선생님, 제 아버지가 저의 딸을 또 혼자 키우실 순 없을 것 같아요. 제가 그걸 또 하게 해드릴 수가 없어요. 연세도 많고, 아버지도 언제 세상을 떠날지 모르는 상황에 그렇게 하고 싶지가 않아요.. 더군다나 아버지의 건강도 많이 안 좋으신 것 같아요.. 엄마도 먼저 하늘나라로 보내고, 저까지……

그래서 아버지께도 아이를 이곳에 꼭 데려다주시길 부탁드렸습니다. 아기를 위해 그렇게 해달라고했어요..

선생님, 이 아이의 이름은 로즈메리예요. 사실.. 저의 이름이기도 해요.. 제 엄마가 지어주신 이름이래요. 아! 아이에겐 말하지 말아 주세요. 엄마와 같은 이름이라고 하면 싫어할 수도 있을 것 같아요. 제 존재에 대해서도 알지 않아도 돼요. 두 분을 진짜 부모님으로 알고 살아갈 수 있게 해주세요.

잘.... 부탁드립니다.]

봉투 안엔 편지와 함께 500만 루피(인도 화폐) 정도가 들어있었다. (한화 약 800만 원) 꾸깃꾸깃하지만 꼿꼿하게 펴져있는 지폐들이 아기엄마의 마음을 대변하는 듯했다.

"선생님"

교실 안에 있던 아이들이 어느새 다 나와 롱메이 부부와 로즈메리를 둘러싸고 있었다.

"선생님, 그 아기 우리가 같이 돌볼게요."

"맞아요. 우리가 같이 데리고 있을게요."

"선생님! 꽃 잘 자라게 제가 더 잘 보살필 거예요."

"저도요! 꽃이 빨리 잘 크면 빨리 시장에 가져가서 팔 수 있잖아요.

그래서 아기 밥 많이 먹을 수 있게 할게요."

"아기 응가 하면 제가 닦아줄게요. 저 해봤어요. 선생님!"

"선생님, 이 박스에 오는 것이 천사가 준 선물이라고 하셨잖아요. 이 아기도 천사가 보낸 천사 같아요."

자신들이 배고프지 않게 하려고 꽃을 시장에 팔아 식량을 감당하고 있다는 것을 이 아이들도 다 알고 있었다. 그리고 아기를 안은 롱메이 부부가 그것을 걱정하고 있다는 것도 알고 있었다. 롱메이 부부는 다른 말을 할 수가 없었다.

롱메이 부인은 아기를 가슴에 꼭 끌어안았다. 그렇게 로즈메리가 천사처럼 롱메이 부부에게 왔다.

***

해가 뉘엿뉘엿 넘어가는 오후 시간이다. 동네마다 불을 지피고 연기가 피어오른다. 그리고 쓰레기를 태우는 특유의 냄새가 진동하기 시작한다.

"엄마 엄마~!!!! 엄마 엄마 엄마!!!"

"숨넘어가겠다! 로즈메리, 넘어지지 않게 조심해. 다쳐서 병원이라도 가야 되면 두시간 넘는 거, 알지?"

롱메이 부인은 늘 조심하라는 말을 입에 달고 산다. 천방지축 로즈메리는 지난번에 동네 아이들과 비포장 공터에서 축구를 하다가 넘어졌다. 하필 바닥의 돌이 무릎에 박혔다. 여린 살갗에 돌이 박혀 상처 부위가 벌어져서 한참 동안 피가 멎지 않았다. 롱메이 부부는 깜짝 놀라 병원으로 향했지만 디마푸르 공항 근처의 가장 큰 병원으로 가려면 차로 2시간이 걸린다. 먼지 날리는 비포장도로 위에서 소 떼들이라도 만나면 더 큰 일 난다. 다 지나갈 때까지 가만히 기다리고 있을 수 밖에 없다.

학교에서 간단한 응급처치 후 병원으로 가는 2시간 내내 마음이 졸였던 것을 생각하면 끔찍했다. 소독하는 동안 로즈메리는 꺅꺅 소리를 지르면서도 이런 일이 한두 번이 아닌 듯 아주 잘 참아낸다. 어느덧 6학년이 된 밝은 로즈메리 덕분에 학교의 분위기도 늘 시끌벅적하고 밝았다. 학교는 항상 따뜻했다.

"응응 엄마 알지~! 미안해. 엄마 근데 엄마는 나 태어날 때 몇 시간 동안 아팠어? 많이 아팠어? 얼마나 아팠어? 어땠어? 처음 나 태어났을 때 어떤 느낌이었어? 학교 앞집에 숀 이모 알지? 그 이모가 드디어 아기를 낳았대!! 근데 이모가 너무 배가 아파서 아주 많이 울었대. 어떡해~? 아~ 아기도 너무 보고 싶어. 너무 작고 귀여울 것 같아. 근데 아직 못 본대. 한 달 넘고 있어야 한대. 왜 그런 거야? 엄마, 그런데 갑자기 막 궁금한 거야. 나도 그렇게 작았을 텐데~! 그치? 나 낳을 때도 엄마가 아주 아팠겠지? 엄마 생각이 나서 막 뛰어왔어!!"

호기심 많고 명랑한 로즈메리는 늘 이렇게 질문을 많이 한다. 이제 더욱 성숙해져 갈 텐데 로즈메리가 이런 질문을 할 때마다 롱메이 부인은 어떻게 말을 해야 할지 고민스럽다. 빨리 모든 것을 다 이야기하고 싶지만, 사춘기에 접어드는 로즈메리가 한편으로 걱정이 된다. 지금 이 사랑스러운 로즈메리가 상처를 받지는 않을지, 이 밝은 모습을 잃어버리진 않을지...

롱메이 부인은 로즈메리 친엄마의 마지막 편지를 항상 가지고 다니며 언제라도 말할 기회를 찾았다.

'로즈메리, 너의 엄마는 너를 버린 게 아니란다... 너를 살린 거란다. 사랑하는 너를 지키기 위해서, 우리에게 보냈던 거야. 그리고 우리 딸 로즈메리가 엄마 아빠에게 온 날부터 지금까지, 단 한 순간도 감사하지 않은 적이 없었단다….'

롱메이 부인은 오늘도 마음속으로만 이야기한다. 이 마음이 언젠간 로즈메리에 전달될 수 있기를 바라면서.

***

아궁이에 불을 붙이고, 아이들의 저녁 식사를 준비한다. 아이들이 가장 기다리는 시간이다. 오후에 시장에 나간 김에 생닭 세 마리를 사왔다. 푹 고아 육수를 내어 삶아 먹는 이 음식이 별미다. 세 마리로 식구들이 다 나눠 먹기엔 너무 부족한 양인데, 신기하게도 이곳에는 음식을 많이 하든 적게 하든 늘 남아 있다. 아이들은 절대 먼저 먹지 않는다. 선생님들이 식사를 할 수 있게 한 후, 나머지를 다 같이 나누어 먹는다. 더 먹고 싶어도 욕심을 내지 않는다. 눈치 때문이 아니다. 아이들이 함께 자라면서 서로에게 양보하고 나누어주는 것이 습관으로 자리 잡았다. 한창 클 시기의 아이들이 왜 더 안 먹고 싶겠는가. 하지만 리틀플라워스쿨의 아이들은 처음 이곳에 왔을 때를 절대 잊지 않는다.

롱메이 부부가 받아주지 않았다면 지금은 어디에 있을지 모르는 환경에 있던 아이들이었기에, 어떠한 상황에도 감사만 넘칠 뿐이다. 특히 가장 막내인 로즈메리의 밥그릇에 가장 많은 음식을 담아준다. 모든 것이 자연스럽게 몸에 배어있다. 참 감사하다 생각하며 롱메이 부인이 한참 저녁 준비를 하고 있을 때 로즈메리가 부엌에 들어왔다.

"음~ 맛있는 냄새!"

"맛있겠지? 아주~ 기가 막힌 닭고기 스튜를 하고 있단다~! "

"와~정말 맛있겠다! 너무 배고파~!!"

"조금만 기다려주세요. 공주님~!"

"네 엄마! 헤헤 엄마, 엄마는 꿈이 뭐였어? 처음부터 선생님이 되고 싶었어?"

"웅, 엄마는 선생님이 꿈이었어. 그래서 지금 너~무 행복해."

"왜 선생님이 되고 싶었어?"

"아이들에게 꿈을 심어주고 싶었어. 학교에서 가르치는 공부뿐만이 아니라, 정말 정직한 사람이 되고, 진짜 사랑을 주면서 이 나라의 멋진 사람들을 키워내고 싶었어. 꿈이 아주 컸지? 호호"

"엄마!! 진짜 짱!! 너무 멋져!! 엄마는 이미 그렇게 되었잖아. 언니 오빠들이 우리 엄마 아빠 너무너무 훌륭한 분이라고 맨날 그래. 난 그런 말 들으면 얼마나 기쁜데. "

"어구~ 그러셔요? 그럼 뛰다가 넘어지지나 마세요오~ "

"흐흐.. 알겠사옵나이다. 엄마, 나도 내 꿈에 대해서 생각해봤는데, 아무리 생각해도 난 엄마, 아빠처럼 좋은 선생님이 되고 싶어."

"오호~그러니? 좋았어! 그래! 좋은 생각이야! 로즈메리! 넌 뭐든지 할 수 있어! 안될 게 없다고!"

"응응 !! 나 할 수 있어 !! 이렇게 엄마 아빠한테 직접 보고 배웠는데, 어떻게 안 될 수가 있겠어? 엄마 아빠 정말 훌륭한 것 같아. 언니 오빠들한테 많이 들었어. E 오빠는 어릴 때 너무 불행한 했대. 너무 힘들게 지내면서 학교에 억지로 다니고 있었는데, 엄마 아빠가 함께 지낼 수 있게 해줬다고 하더라. G 언니도 엄마가 데리러 온다고 했는데,, 결국 안 왔대. 이제 아예 안 올 거래. 언니가 그 이야기 하면서 울었어.. 정말 마음 아파."

"로즈메리, 분명 그분들도 사정이 있었을 거야. 자식을 사랑하지 않는 엄마 아빠는 없어."

"아니야! 난 함께 있어 주지 못한 부모는 사랑하는 게 아니라고 생각해! 어떻게 그래? 난 절대 그러지 않을 거야."

"로즈메리.."

"언니가 마음에 얼마나 큰 상처가 있겠어? 언니, 오빠들 모두 말은 하지 않아도 마음이 너무 아플 거 같아. 내가 언니 오빠들 많이 많이 챙겨줄게!"

"...그래…. 로즈마리! 넌 뭐든 할 수 있는 아이야. 항상 그렇게 당당하게! 용기 잃지 말고, 그렇게 살아가자. 그런데 말이야... 선생님이 되려면, 공부 좀 열심히 해야 한다? 호호호"

"앗 엄마! 나 잠깐만~"

로즈메리는 못 들은 척 하며 부엌 밖으로 달려 나간다.

"저것 봐, 꼭 공부 얘기만 하면 어딜 간다고. 누굴 닮았는지 원~ 호호호"

금세 장난치며 뛰어나가는 로즈메리를 보며 롱메이 여사는 복잡한 감정이 뒤섞였다. 성숙해져 가는 로즈메리를 보니, 더는 미루면 안 될 것 같다고 생각했다. 로즈메리의 마음에 더 큰 상처를 주기 전에 이야기해 주어야 될 것 같다.

***

아이들이 가장 좋아하는 토요일 아침이다. 꽃을 예쁘게 다듬고 정리해서 시장에 나가는 날이다. 롱메이 부부와 함께 아이들은 조를 정해서 한 달에 한 번씩 시장에 나가게 되는데, 아이들은 자신이 시장에 가는 날만 손꼽아 기다린다. 시장 구경도 할 수 있고, 무엇보다 꽃을 팔아 생긴 수익으로 모든 가족이 함께 먹을 식량을 살 때 기분이 정말 좋기 때문이다. 하지만 밤새도록 내린 비가 그치지 않는다. 아침이 되었으니 이제 좀 그치면 좋으련만, 빗방울이 더 굵어진다. 기숙사 벽으로 다닥다닥 세워져 있는 대나무들과 빗방울이 부딪히며 '투닥, 투닥' 둔탁한 소리를 낸다. 오늘따라 그 소리가 더 두껍다. 나갈랜드에서 비 오는 날은 대부분 반가워한다. 비포장도로의 먼지들을 잠시나마 잠재울 수 있기 때문이다. 전날 태워놓은 쓰레기 더미의 잔해가 잠시 숨이 죽기도 한다. 비가 많이 내리면 각 가정에서 쓸만한 물을 양동이에 받아 놓기도 하고, 집안 곳곳에 비가 새는 곳이 어디인지 확인하는 날이기도 하다.

하지만 시장에는 사람이 많이 나오지 않는다. 그래서 아이들에게 비 내리는 토요일은 별로다. 하필이면 토요일에 내리는 이 비가 야속하기만 하다.

시무룩한 아이들의 기분을 알아채고 롱메이 부인은 말했다.

"얘들아! 우리 오늘 하루 집에서 쉴까? 우리 다 같이 놀자."

아이들은 환호성을 질렀다. 시장에 나가지는 못해도 오랜만에 다 같이 있을 수 있다는 생각에 곧바로 기쁨이 넘쳐났다.

그때, 우체국에서 전보를 하나 가지고 왔다. 롱메이 부부 앞으로 온 전보이다. 긴급으로 도착을 했다. 나갈랜드에서 긴급은 대부분 장례 소식을 알릴 때 사용을 한다. 전보를 받아 읽은 롱메이 부부는 얼굴빛이 잠시 어두워진다. 두 사람은 손을 모아 눈을 감고 잠시 묵상 기도를 했다.

나갈 준비를 마친 롱메이 부인은 여느 때와 같이 학교 화단으로 가서 꽃을 골라냈다. 서둘러 급히 가야 할 곳이 생겼다. 롱메이 부인에게서 잘 볼 수 없는 어두운 얼굴이 계속해서 느껴졌다. 로즈메리는 걱정이 되었다.

"엄마, 무슨 일 있어요?"

"응, 로즈메리. 우리 같이 가야 할 곳이 생겼구나."

롱메이 부인은 때가 되었다는 생각이 들었다. 늘 생각 해왔던 상황이지만, 이렇게 갑자기 찾아올 줄 몰랐다. 가야 할 그곳은 리틀플라워 스쿨에서 그리 멀지 않은 곳이었다.

***

현관에 들어서니 오래된 장식장이 한눈에 들어온다. 빛바랜 사진이 그들의 추억을 말해준다. 사진 속에 가득 담겨있는 웃음꽃 하나 그리고 눈물방울꽃 하나. 액자 몇 개 옆엔 바싹 마른 꽃들이 놓여 있다. 리틀플라워스쿨에서 자라난 꽃이다. 약 18년 전 그날, 그분에게 드렸던 꽃이라는 것을 롱메이 여사는 한눈에 알아보았다. 싱싱했던 그때와 달리 이제 바싹 말라 건드리기만 해도 부스러져 없어질 것 같았다. 입구에서 서서 생각에 잠겨 있는 틈에 상복을 입은 중년의 한 남자가 다가왔다.

"어서 오십시오."

"안녕하세요.."

"네가 로즈메리구나.. 기다리고 있었습니다. 이제 마무리를 하고 관을 옮겨야 할 때가 되었는데, 어르신이 늘 보고 싶어 하던 분들을 저도 더 기다려야 할 것 같아서... 저는 돌아가실 때까지 옆에서 지키던 집사입니다."

이곳 나갈랜드 장례는 대부분 집에서 치러진다. 병원에서 돌아가신 것이 아니면, 집에서 모든 것을 마무리하고 관을 장지로 옮겨 간다.

"어르신이 참 그리워했습니다. 로즈메리... 많이 그리워하셨습니다.

마지막이 다가올 때 쯤에는 하염없이 이름을 부르고 가셨습니다. 하지만 그날의 결정을 절대 후회하지는 않으셨습니다.. 두 분께 고마워 하셨습니다.”

“아………”

“이것을 전해달라 하셨어요. 10년을 누워서만 지내시면서도 하루도 빼놓지 않고 움직이려고 노력하셨습니다..”

집사는 봉투 하나를 꺼내 롱메이 부인에게 전해주었다.

롱메이 부부는 관 앞으로 가 인사를 하고 잠시 생각에 잠겼다. 노인과의 첫 만남이 이렇게 인연이 되어 여기까지 오게 될 줄은 전혀 몰랐다. 롱메이 부부가 가장 많이 고민해야 했을 때, 가장 힘들었던 그 시기에 마침 나타나 길을 열어준 은인이었다. 노인을 통해 영감을 얻어 꽃을 더욱 키워가기 시작했다. 그래서 리틀플라워스쿨의 정원을 더 늘릴 수 있었고, 배고프지 않게 할 수 있었다. 마침내 기숙사를 개조해서 지낼 수 있게 되었다. 또한 로즈메리 여인을 통해 보물과 같은 딸 로즈메리가 롱메이 부부에게 오게 되었다. 환경과 상황이 매일 어렵긴 했다. 하지만 하루하루를 어렵게 살아간다고 하더라도 그들은 함께 웃을 수 있었고, 행복했다. 그 모든 행복의 시작에 있는 노인의 죽음 앞에 롱메이 부부는 한참 동안 자리를 뜰 수가 없었다.

돌아오는 차 안에서 그 누구도 먼저 말을 하는 사람이 없다. 로즈메리는 그 노인의 집에서 본 사진 속의 여자가 계속해서 머릿속에 맴돌았다. 집에 들어서는 입구에 있는 액자 속의 그 여자에게서 눈을 뗄 수 없었다. 그중 하나는 불룩한 배에 손을 갖다 대고 있어 임신한 모습이었다. 사진만으로도 느껴지는 특유의 분위기가 로즈메리의 머릿속에 계속 떠올랐다. 자꾸만 무언가에 이끌린다는 생각이 들었다. 이상하게도 사진 속의 여자가 지금 자신의 생김새와 많이 닮았다고 생각했다. 그때 로즈메리는 처음으로 뭔가 이 상황에 대해 자신과 연관 지어 생각하게 되었다. 그녀는 그동안 한 번도 느껴보지 못한 기운을 감지했다.

***

집으로 돌아온 롱메이 부부는 로즈메리에 이야기했다.

"로즈메리, 지금부터 엄마가 너에 대해 이야기를 해 줄거야. 하지만 그 내용으로 인해서 절대 너에 대한 엄마 아빠의 사랑을 다른 시선으로 생각하지 않았으면 좋겠다. 너는 엄마 아빠의 하나밖에 없는 소중한 딸이야. 알겠지?"

롱메이 부인은 숨을 후 내쉬었다가 들이마시고는 이야기를 다시 시작했다.

"아까 돌아가신 할아버지⋯. 로즈마리 너의 할아버지시다. 그분의 딸이, 들어가는 입구에 있던 사진⋯. 봤지? 그분의 이름도 로즈메리, 너의 이름도 로즈메리.. 그분이 너를 낳아준 엄마..."

롱메이 부인은 담담하게 이야기를 이어나갔다. 로즈메리는 뭔가 예상을 한 듯한 얼굴로 이야기를 가만히 들었다. 사실 그 사진 속 사람들의 모습은 어떤 다른 말을 할 수 없을 정도로 로즈메리에 강한 이끌림이 있었다. 그래서 조금은 예상이 되었던 것일까. 하지만 감수성 풍부한 소녀 로즈메리에 쉽게 받아들이기 힘든 마음이 들었다. 그동안 롱메이 부부가 자신에게 말을 하지 않았던 것에 대한 배신감, 모두가 속인 것 같은 느낌…. 생각이 복잡했다.

롱메이 부인은 로즈메리에 모든 것을 이야기 주었다. 그리고 진심을 담아 사과했다.

"미안하다 로즈메리. 너를 속이기 위함은 결코 아니었단다. 이렇게 마음 아파할 로즈메리를 생각하니, 엄마가 차마 말이 떨어지지 않았어.. 정말 미안해. 우리 딸 로즈메리를 엄마가 직접 낳진 않았지만, 너는 변함없는 엄마 아빠의 딸이야. 선물처럼 우리에게 온 너를 온 마음 다해……."

"엄마"

로즈메리가 롱메이 여사의 말을 끊었다. 엄마가 무슨 말을 하는지 더는 귀에 들리지 않았다. 아무 감정이 없는 상태에서 이야기를 듣고 있다가 갑자기 조금씩, 이 현실이 인지되기 시작했다. 단 한 가지 사실만이 로즈메리의 머릿속에 남았다. 자신은 버림받았고, 지금의 엄마가 자신을 낳은 것이 아니라는 것. 엄마 아빠 진짜 딸이 아니라는 것.

무슨 말이라도 하고 싶었지만, 갑자기 목소리가 나오지 않았다. 알 수 없는 감정들로 인해 마음과 머릿속이 복잡했다. 이런 상황이 일어난 지금이 제발, 제발 꿈이면 좋겠다고 생각했다. 갑자기 모든 게 낯설었다. 엄마 아빠도 낯선 사람으로 느껴졌다. 믿기 힘든 이 사실이 자기 자신은 조차 낯설게 만들었고 이 상황에서 당장 벗어나 버리고 싶었다. 소리 지르고 싶었다. 막 질러버리고 싶었다. 말은 나오지 않았지만, 발끝에서부터 손끝까지 세포 하나하나가 살아서 가시가 되어버린 듯한 느낌이었다. 그 가시들이 몸을 아프게 하는 듯 했다. 점점 화가 나기 시작했다. 자신을 이곳에 버린 엄마라는 사람과 할아버지가 구역질이 났고, 18년 세월 동안 자신을 속인 엄마 아빠에게 말할 수 없을 만큼 화가 났다. 뱃속에서부터 무언가가 끓어올라 오는 것 같았다. 돌덩이다. 그 돌덩이가 배에서 부글부글하다가 심장까지 올라와서 마구 때려 치는 것 같았다. 심장이 쿡쿡 쑤셨다. 그 돌덩이가 계속해서 심장을 퍽퍽 때리고 숨 쉴 때마다 심장이 터져버릴 것만 같았다. 심장이, 심장이 곧 폭발할 것 같다..!!!!

결국 참고 참았던 눈물샘이 터졌다. 폭발할 것만 같은 그 감정이 눈물로 흐르기 시작했다. 꾹꾹 참고 참았다. 하지만 더는 멈추지 못했다.

"..난…. 나는……. 하…. 잘 모르겠어. 이 마음…. 말……. 을…. 무슨 말을…. 그런데 말이야... 나를 낳아준 엄마는…. 왜……. 할아버지는 왜…. 나를…. 여기……. 나도 언니 오빠들이랑 마찬가지로…. 버림받은 사람이었던 거잖아....."

말을 더는 잇지 못하고 로즈메리는 방을 나가버렸다. 뛰었다. 신발을 신지도 않았다. 그냥 앞으로 달렸다. 달리고, 또 달리고.. 발이 다 까졌다. 피가 난다. 그런 줄도 모르고 로즈메리는 숨이 멈출 것 같은 순간까지 계속해서 뛰었다. 그래야만 이 눈물이 멈출 것 같았다.

'정말 싫어....'

그렇게 행복하기만 했던 이곳이 싫었다.

'떠나버릴 거야.'

엄마 아빠처럼 선생님이 되어 평생 나갈랜드에서 지내고 싶던 생각이 완전히 달라졌다. 삶이 가난한 것 보다, 배가 고픈 것 보다 견디기 힘든 이 감정들이 열 여덟살 소녀가 받아들이기엔 가혹했다.

***

[롱메이 부부께

잘 지내셨소? 이렇게 인사하기에는 내가 너무 미안한 마음이 크오.

거기도 힘든 상황인 것을 알면서도 우리 딸의 간절한 부탁을 들어주지 않을 수가 없었소..

손녀가 나중에 어떻게 생각할까 생각하면 정말 마음이 아프지만, 고민 끝에 맡기게 된 나를 용서해 주시오.

우리 딸 말대로 나보다 훨씬 더 잘 보살펴 줄 수 있는 이들에게 맡기는 게 낫다는 생각이 들었소…

우리 손녀 예쁘게 커가는 모습을 보니, 진심으로 고맙소.

사실 내 몸이 점점 굳어가는 병이 생긴 것을 내 딸이 세상을 떠나기 전쯤 느끼고 있었소.

아내도 먼저 천국으로 보내고, 딸까지… 나도 사실은 제 정신은 아니오. 하지만 이젠 마음이 편안하오.

하늘에서 만날 날을 생각하니 기쁜 마음도 든다오.

처음엔 사실 딸이 아무리 설득을 해도 처음엔 귓등으로도 듣지 않았소.

하지만......내가 결국 거동을 하지 못하게 되면, 그 짐을 또 우리 손녀가 다 떠안아야 하지 않소..

그 꼴을 내가 못 보겠기에 내가 직접 학교 앞에 그 아이를 놓고 왔소.

두 사람에게 참 미안하오. 우리 손녀에게도..

참 속상할때가 많았지만 모든 게 하늘의 뜻이라 생각하며 하루하루를 지냈소.

로즈메리를 학교 밖에서 지켜보고 온 날이면 그 아이의 목소리, 그 아이의 모습이 시시때때로 떠올라서...

그래서 어느 날은 보러 가는 마음이 참 힘들기도 했소.

나중에 만약 우리 손녀가 나한테 화가 나기라도 한다면 어떡하나 싶소.

내가 움직일 수 있을 때는 거의 날마다 보고 싶어서 학교에 보러 갔었다고 전해주시오.

그러면 화를 좀 덜 내지 않겠소?

내가 움직이지 못하게 됐을 땐 우리 집사가 일주일에 한 번씩은 꼭 학교에 데리고 가주었소.

몰래 보고 와서 미안하오...

참, 학교와 기숙사도 잘 운영해 나가는 것도 참 감사한 일이오.

내가 이 꽃값은 꼭 갚겠다고 한 말 기억하오?

내 전부를 정리해서 학교 앞으로 남겨놓았소.

약속 지키는 것이니 너무 늦었다고 뭐라 하지 말고 받아주시오. 허허
그리고 잘.. 사용해주시오.

우리 손녀, 그리고 거기 있는 아들딸들 모두 잘 키워줘서 참 고맙소.
앞으로도 그렇게 계속 잘 부탁하오..

우리 나중에 저 천국에서 만나세.

먼저 가서 꽃 예쁘게 키우며 기다리고 있겠네.

아주 천천히… 다시 만나세.]

***

스무 살에 떠나 10년 만에 다시 디마푸르공항에 도착한 로즈메리
는 잠시 생각에 잠겼다. 덜컹덜컹 흔들리는 차 안에서도 나갈랜드가
온몸으로 느껴진다. 특유의 나갈랜드 냄새, 울퉁불퉁한 비포장도로,
덥고 습한 기온. 변한 것이 별로 없었다. 가장 많이 변한 것은 로즈메
리 자기 자신이었다.

열아홉 살 로즈메리, 비 내리던 토요일, 그녀에게 가장 커다란 사건
이 있던 그 날, 일주일 동안 앓아누웠었다. 늘 웃고 다니던 로즈메리
였지만, 그 이후 가장 많이 울었다. 시간이 지나면서 많은 것이 머리
로는 이해가 되었다. 하지만 가슴으로 받아들여지지 않았다. 이제 온
전히 혼자라는 생각이 그녀를 지배했다. 아무것도 하기 싫었고, 아무

것도 되고 싶지 않았다. 부정적인 생각으로 인해 모든 것이 무기력했다. 더는 엄마 아빠 같은 선생님은 되지 않겠다고 했었지만... 선생님이 되어 다시 돌아왔다. 더 성숙한 사람이 되었다. 아픔은 겪어본 자만이 알 수 있다고 했는가? 로즈메리는 졸업 후 뭄바이의 한 보육원에서 아이들을 돌보았다. 로즈메리 보다 더 아픈 아이들을 돌보며 함께 지냈다. 슬픔, 분노, 배신, 아픔.. 그리고 감사, 환희, 기쁨, 용서, 사랑... 질풍노도의 시기를 열아홉 로즈메리는 겪어냈다. 또한 롱메이 부부는 그녀를 온전히 믿고 기다렸다. 함께 슬퍼했고, 함께 아파했다. 그 감정들을 결코 모른 체 하지 않았다. 하지만 그녀 스스로 이겨낼 수 있도록 모든 것을 믿고 사랑하며 기다렸다.

로즈메리가 나갈랜드를 떠나던 날, 롱메이 여사는 공항에서 그녀가 보이지 않을 때까지 계속해서 소리쳤다.

"로즈메리! 누가 뭐래도 넌 엄마 딸이야! 넌 할 수 있어! 용기를 내! 어디서든 밥 많이 먹고 씩씩하게! 알았지? 정말 정말 사랑한다. 로~~즈~~마~~리~~~!!"

엄마 목소리가 지금도 귓가에 쟁쟁하다. 그때가 생각나 로즈메리는 자신도 모르게 품 하고 웃음 지었다.

억척스러우면서도 사랑스러운 엄마의 목소리.

잊지 못할 나의 엄마.

고마운 리틀플라워스쿨.

너무 보고 싶었던 곳, 나의 가족, 나의 삶.

나 돌아왔어요 엄마.

에필로그

아가야 예쁜 내 아가

너와 세상에서 만나 꼭 안아보고 싶은 간절한 마음을 전하기 위해 이 편지를 쓴단다.

대답이라도 하듯 지금 뱃속에서 꿈틀거리는 너.....

이렇게 품고 있을 수 있는 오늘이 정말 감사해.

너와 이렇게 함께 있는 오늘이 이대로 끝나지 않았으면...

아가야 우리 아기가 이 엄마를 기억해줄 수 있는 날이 올지 모르겠지만,

그렇지 않아도 괜찮아, 너만 행복하다면 말이야.

너와 함께한 시간이 엄마의 삶에 가장 보람된 날이었고, 최고로 행복했어.

엄마에게 와줘서 고마웠어.

전하지 못할 편지라 하더라도 괜찮아.

너의 행복을 간절히 바라는 이 마음이 반드시 너에게 닿을 거라 믿어.

엄마는 너와 항상 함께 할 거야.

사랑하고 또 사랑한다...

나의 딸 로즈메리…

그 시간 속에서 나는,

발행 2022년 2월 1일
지은이 남초롱, 강휘웅, 유현아, 허진, 한윤슬, 김다은, 차다진, 정나리
라이팅리더 현해원
펴낸이 정원우
펴낸곳 글ego
출판등록 2019.06.21 (제2019-000227호)
주소 서울특별시 강남구 테헤란로216, 12층 A40호
이메일 writing4ego@gmail.com
홈페이지 http://egowriting.com
인스타그램 @egowriting

ISBN 979-11-6666-109-9